我贺青山一首诗

夏闰 著

朝华出版社
BLOSSOM PRESS

图书在版编目（CIP）数据

我负青山一首诗 / 夏闯著. -- 北京：朝华出版社，2025.1. --（诗汇百家）. -- ISBN 978-7-5054-5618-1

Ⅰ．I227

中国国家版本馆CIP数据核字第2025Q7N963号

我负青山一首诗

作　　者	夏　闯
选题策划	尹旭春
责任编辑	葛　琼
责任印制	陆竞赢　訾　坤
装帧设计	悟阅文化
出版发行	朝华出版社
社　　址	北京市西城区百万庄大街24号　邮政编码　100037
订购电话	（010）68995509
联系版权	zhbq@cicg.org.cn
网　　址	http://zhcb.cicg.org.cn
印　　刷	成都市兴雅致印务有限责任公司
经　　销	全国新华书店
开　　本	880mm×1230mm　1/32　　字　数　218千字
印　　张	8.5
版　　次	2025年1月第1版　2025年1月第1次印刷
装　　别	平
书　　号	ISBN 978-7-5054-5618-1
定　　价	69.00 元

版权所有　翻印必究·印装有误　负责调换

序一

奢侈的事

甲辰之秋,夏闯君发来《我负青山一首诗》诗词集电子版,嘱余作序,这将是他出版的第一本诗词集。我粗略浏览了一遍,这些作品,大都展示过,也有部分作品初露娇容。临屏触目,顿感秋风过窗,暑意消融。一篇篇读来,犹见一颗颗散落的琼珠,现穿连起来,硕果之丰,当贺!

我与夏闯相识于十多年前,2010年5月1日,泗阳县众兴诗书画研习会成立,会长是夏闯,我为顾问。后来,研习会给来安出了本类似地方志的《情润来安》。2011年12月19日,泗阳县文学艺术界联合会批准成立桃花源诗社,我是社长,夏闯是副社长。后来,桃花源诗社的十四名诗友,用了半年的时间,写出了一本评价甚高的《百花吟》。2015年,我任泗阳县诗词协会主席,夏闯是副主席之一。2019年,夏闯担任协会的常务副主席。2024年6月15日,夏闯接任泗阳县诗词协会主席,我为名誉主席。

十多年的交往,使我们彼此间有了很深的了解。有人问我:"为什么选择夏闯接你的班?"对这样的问题,我不止一次用同样的话回答:"主要有两点:一是夏闯小我二十四岁,年轻;二是夏闯对诗词有一种自发的、浸透到骨头里的热爱。"

夏闯虽然比我年龄小,但学古诗词的时间却比我早,对古诗词心存敬畏,热情如火,笔耕不辍,创作题材广泛。如歌颂家乡,《西江月·来安月季花园》中的"误把清香藏袖,羞将秀色成餐",《六塘放歌》中的"六塘河上又撑船,放下一篙诗一篇",《咏来安黄嘴夫妻银杏树》中的"神奇传说三千里,亲密夫妻四百秋",尽比兴之妙,为家乡添彩。

"酒逢知己饮,诗向会人吟。"在诗词集中,与诗友赠诗、唱和的也有数篇,不乏亮点:《宿迁初谒刘家魁老师(一)》中的"名师一席言生趣,画阁千杯酒入喉";《读石光老师〈游旅闲余〉》中的"今朝《游旅闲余》读,我也闲余作旅游";《赠泗阳首家农家书屋创办人戎宏宽》中的"谁见农家书屋里,文章劝世乃箴言";《浪淘沙令·赠书法家张汉修》中的"有位忘年交,七十还高。六塘河畔把名标。一手时常提着笔,一手操刀";《与泗阳船闸张建国相约坐船头(中华通韵)》中的"诗人坐在浪花上,一朵浪花一首歌";《次韵徐崇先先生〈泗阳之夜〉》中的"运河与我将同夜,一片诗帆未有涯"。是的,人在江湖,背上行囊,谁不是这天地间的过客?能相遇、相识、相知,那是生命里最美的缘。

"无情不成诗"。在这本诗词集中,夏闯把看过的云、走过的路、感动过的事、遇见的人,包括生活和工作都融入诗的情感里。如:《临江仙·次韵潘莹先生〈泗阳诗协表彰"桃源诗人"〉》中的"桃源从此看,何处不风流";《鹧鸪天·喜贺〈桃花源〉首发》中的"兰亭会上诗茶酒,万古愁销直到今";《鹧鸪天·喜贺泗阳县诗词协会入编〈泗阳年鉴〉》中的"梦中几度春风面,醉里千秋江海潮";《鹧鸪天·贺〈桃花源〉十卷书成》中的"三春渐暖三江水,十卷终成十载功";《垂钓》中的"红霞一抹随钩起,捆绑回家任剪裁";《抱春》中的"张开双臂花成海,怀抱春天就是诗"。是的,只要心中有情,触目皆成诗。步步有感,处处留意,一醉一陶然,铺开一纸思绪。

"绿蚁新醅酒,红泥小火炉。"生活,原是一杯美酒,醉与不醉,都有诗意。人活一世,活的就是一种心境,一种精神。

时光如水,总是无言。昨天,是走过的岁月;今天,还要前行。让阳光温暖心间,用诗词填补生命的缝隙。一剪闲云,一湾秀水,一叶轻舟,邂逅与缘,铺就十里莲花。

写诗,真是一件奢侈的事。赘笔为序。

石光
甲辰年癸酉月于思水居

序二

诗意栖居者

  泗阳县诗词协会夏闯主席，是我的同宗晚辈。他时逾不惑之年，从来治学严谨，品性端庄，在诗词、楹联以及文章学习与创作方面造诣颇深，多有建树。近日，他将把《我负青山一首诗》诗词集付梓，并邀我作序，奈余才疏学浅，老眼昏花，唯恐难当此任，力辞不准，勉述如下。

  作者夏闯在读书之时即好诗词，走上工作岗位之后利用业余时间，努力钻研诗词、楹联创作，自学不辍，多年如一日，大作佳章曾被《中华诗词》及省、市诗词报刊选登，并频频获奖。他的作品题材广泛，内涵丰富，意境高雅，表现手法多样。他创作的近体诗雄厚质朴，炫丽清新，新诗奔腾豪放，韵味悠长。他用诗词曲赋抒发心中情怀，向往田园之生活，歌咏祖国之美景，吟咏人生之感悟，激扬世之浊清。他的爱家乡之情于《身在桃源》一诗可证。诗云："曲径通幽结伴行，运河初夏水流清。我身幸在桃源里，坐听鸟鸣诗兴盈。"

  他热爱祖国的壮丽山河，在《云海玉盘》一诗中写道：

  泰山岱顶一奇观，万里云铺作玉盘。
  雨后初晴谁点化，山头几座出云端。

  他对革命先烈缅怀讴歌，在《咏烈士魏其虎》诗中有"调兵号接冲锋号，虎胆英雄有一人"的佳句。在《小重山·首个"南京大屠杀死难者国家公祭日"》词中用饱含赤诚的爱国心和忧国忧民的爱国情，表达了对受难同胞的哀思和对侵略者的愤慨之情。

"红旗之下还须看，美景良辰十二州"，表达了他对"祖国山河，如诗如画，一步一景，皆动人心"的喜悦之情。他用诗词赞颂美好，抒发乡愁。他的诗词作品贴近生活，服务社会，比较全面精准地用韵律介绍家乡的人文历史和改革开放以来的辉煌成就。他做到见贤思齐，用中国文化之瑰宝古典诗词来抚今追昔，来抒写自己的大块文章。他的作品有传承，有创新，篇篇锦绣，字字珠玑，每句诗行都自觉流露出一种诗意栖居感。夏闯主席目前高举吟旌，精神可嘉，实是诗坛后起之秀，前程远大，一定会把诗词队伍发展壮大，步入辉煌，至此我以小诗一首为赠，并忝为序。

书山学海有追求，泼墨挥毫雅趣稠。
韵律园中花烂漫，壮心不已竞风流。

夏成兵
2024年金秋于老家夏洼

目录
CONTENTS

绝句篇

- 002 野岛
- 002 桃源赏花
- 003 拟古（一）
- 003 拟古（二）
- 004 樵夫
- 004 季春应邀高渡行
- 005 高渡飞艇游湖
- 005 陟彼高冈
- 006 登泗水阁
- 006 泗阳船闸深秋放舟
- 007 梨兰会
- 007 牛角淹印象
- 008 游成子湖
- 008 洪泽湖（一）
- 009 洪泽湖（二）
- 009 洪泽湖（三）
- 010 游蓬莱
- 010 八堡人家
- 011 泰山
- 011 云海玉盘
- 012 北岳恒山
- 012 衡山（一）
- 013 衡山（二）
- 013 桓仁
- 014 娄山关
- 014 南湖红船
- 015 华山论剑（一）
- 015 华山论剑（二）
- 016 一个人的世界
- 016 咏青春
- 017 我的老家
- 017 三台山中华珍奇紫薇文化园
- 018 湖滨沙滩

018	夏日洋河玫瑰小镇游	031	春到了
019	夏日雨后下班途中作	031	春暖
019	皂河龙王庙行宫（中华通韵）	032	春
		032	与春天相约（一）
020	与泗阳船闸张建国相约坐船头（中华通韵）	033	与春天相约（二）
		033	访春
020	身在桃源	034	晚春
021	中国杨树博物馆四棵杨树王	034	春钓（一）
		035	春钓（二）
021	淮泗河边即景	035	春钓（三）
022	所见	036	清明
022	清光	036	春夜
023	采莲（一）	037	春暮
023	采莲（二）	037	春日
024	雨后口占	038	春日村行
024	池塘冬景	038	春情
025	听鸟早唱	039	抱春
025	鸟儿的歌舞盛会	039	春梦
026	过八十二烈士陵园	040	端午
026	孤峰	040	五月十五夜
027	春至桃源	041	夏日（一）
027	日暮	041	夏日（二）
028	题江苏	042	夏日（三）
028	踏雪寻梅	042	避暑（一）
029	登山	043	避暑（二）
029	垂钓	043	避暑（三）
030	咏春	044	立秋（一）
030	春日口占	044	立秋（二）

045	七夕（一）	059	榆
045	七夕（二）	059	兰
046	七夕（三）	060	君子兰
046	秋夜（一）	060	白玉兰
047	秋夜（二）	061	蔷薇
047	秋情	061	夜来香
048	秋日（一）	062	宝石花
048	秋日（二）	062	水莲花
049	秋日（三）	063	盆景罗汉松
049	中秋赏月（一）	063	荷花
050	中秋赏月（二）	064	莲
050	中秋赏月（三）	064	柿子
051	中秋赏月（四）	065	牵牛花
051	中秋赏月（五）	065	桂花
052	中秋赏月（六）	066	山松
052	中秋赏月（七）	066	菊
053	中秋赏月（八）	067	雪花
053	冬天来了	067	晨起望雪
054	冬日	068	梅（一）
054	山花	068	梅（二）
055	桃花	069	梅（三）
055	杏花	069	梅（四）
056	吉祥草	070	西红柿
056	康乃馨（一）	070	泗阳鲜桃（一）
057	康乃馨（二）	071	泗阳鲜桃（二）
057	含笑花（折腰体）	071	泗阳鲜桃（三）
058	凤仙花	072	泗阳鲜桃（四）
058	常春藤	072	泗阳梨园白酥梨

073	泗阳白酥梨	084	父亲节读杜甫诗句
073	咏马		"风雨不动安如山"
074	水	084	读石光老师《运河流韵》
074	老磨	085	读石光老师《游旅闲余》
075	彩凤	085	咏烈士魏其虎
075	哨子	086	苗人凤
076	陀螺	086	陶渊明
076	答诗人刘家魁	087	李白
	"一生之问"（一）	087	端午怀屈原
077	答诗人刘家魁	088	妈祖
	"一生之问"（二）	088	天峨龙滩特大桥建成通车
077	题刘家魁老师戎装照	089	闻泗阳陈祠堂有乾隆
078	咏诗人刘家魁（一）		行宫遗迹咏叹（一）
078	咏诗人刘家魁（二）	089	闻泗阳陈祠堂有乾隆
079	答刘曦老师		行宫遗迹咏叹（二）
079	环卫工	090	登泗阳天桥俯望大运河
080	农民		有感
080	戈杰老先生喜获	090	国庆抒怀
	"百岁诗翁"称号有贺	091	涌泉跃鲤
081	感悼金庸大侠	091	醉意朦胧入梦乡（一）
081	市民自发悼念您	092	醉意朦胧入梦乡（二）
082	慰孔老	092	醉意朦胧入梦乡（三）
082	赠泗阳首家农家书屋	093	观海上日出
	创办人戎宏宽	093	清晨偶作
083	读苏轼	094	听歌曲《罗刹海市》
	《临江仙·夜归临皋》	094	次韵孟浩然《春眠》
083	读女诗人徐艺宁	095	次韵徐崇先先生
	《采采集》		《泗阳之夜》

095 次韵并赠诗家南园
096 和网友天婵《读佛经有感》
096 次韵圆泽禅师三生石歌
097 偶感
097 唐僧扫塔（一）
098 唐僧扫塔（二）

词曲篇

100 十六字令·书
100 十六字令·画（变格）
101 十六字令·琴
101 十六字令·棋
102 十六字令·诗
102 十六字令·酒（变格）
103 十六字令·花
103 十六字令·茶
104 十六字令·书画琴棋诗酒花茶
104 天净沙·八堡人家
105 啰唝曲
105 竹枝
106 长相思·梨园采风
106 长相思·含羞草
107 浣溪沙·清明假日里仁游记
107 浣溪沙·初冬与众文友登魏阳山
108 浣溪沙·喜贺学军先生《旧韵新吟》付之梨枣
108 浣溪沙·除夕偶成
109 浣溪沙·读《秋光吟》
109 浣溪沙·春
110 浣溪沙·夏
110 浣溪沙·秋
111 浣溪沙·冬
111 浣溪沙·仲春访淮安区河下诗词楹联协会有记
112 浣溪沙·端午活动有记
112 浣溪沙·癸卯端午
113 浣溪沙·秋日有怀
113 浣溪沙·秋游洋河农业嘉年华
114 浣溪沙·立冬
114 浣溪沙·元旦抒怀
115 浣溪沙·寄焕德兄
115 浣溪沙·贺沭阳县诗词楹联协会成立
116 浣溪沙·次韵晚晴诗社赵老《八十感怀》兼贺
116 浣溪沙·次韵石光老师《稀龄寄怀》
117 浣溪沙·迎春座谈会
117 浣溪沙·人民调解员

118	浣溪沙·凌老莅临泗阳指导诗教工作有感	127	西江月·观高跷有感
		127	西江月·泗阳风情
118	浣溪沙·朱瑞将军	128	西江月·游宿迁运河湾公园
119	生查子·看雪	128	西江月·忆青春
119	采桑子·春	129	西江月·仲春拜谒朱家岗烈士陵园
120	采桑子·参观国润农业大观园	129	西江月·童年拾趣
120	采桑子·来安街道庆祝建党百年文艺汇演感怀	130	西江月·故乡记忆（一）
		130	西江月·故乡记忆（二）
121	采桑子·新春感怀	131	西江月·泗阳来安胡氏节孝牌坊
121	卜算子·月		
122	卜算子·和王玉先生参会有感	131	西江月·黄恒丰艺术团第二十届"小村春晚"演出
122	清平乐·嫦娥六号首次在月球背面采集月壤	132	西江月·诗文讨论有感
		132	西江月·生态宿迁
123	鹧鸪天·喜贺《桃花源》首发	133	西江月·杨絮
		133	西江月·荷
123	清平乐·打卡宿城唐圩	134	西江月·来安月季花园
124	清平乐·立夏	134	西江月·宿北大战纪念馆
124	落梅风·诗词协会年终总结大会在泗阳县众兴实验小学召开	135	虞美人·中秋家宴
		135	渔家傲·闲吟
		136	浪淘沙令·冬吟
125	忆秦娥·八十二烈士陵园采风得"碧"韵	136	浪淘沙令·游嵩山
		137	浪淘沙令·喜贺丁芒先生九十华诞
125	武陵春·新春		
126	武陵春·立春	137	浪淘沙令·赠书法家张汉修
126	西江月·三台山之信步雾森栈道		

138	浪淘沙令·读田汉《74军军歌》	147	鹧鸪天·抒怀
138	浪淘沙令·清明踏青	147	南乡子·端午
139	浪淘沙令·落叶	148	踏莎行·依韵和石光老师《六九书怀》
139	鹧鸪天·春的印象	148	踏莎行·王官集蝴蝶兰大世界
140	鹧鸪天·端午	149	鹊桥仙·七夕
140	鹧鸪天·杨善洲	149	临江仙·次韵潘莹先生《泗阳诗协表彰"桃源诗人"》
141	清平乐·《桃花源》第六卷发行有贺	150	临江仙·晚晴诗社四十周年庆
141	鹧鸪天·读《倚天屠龙记》	150	定风波·童年
142	鹧鸪天·喜贺宿城区诗词协会成立	151	小重山·首个"南京大屠杀死难者国家公祭日"
142	鹧鸪天·祭灶	151	蝶恋花·桃源林海
143	鹧鸪天·喜贺泗阳县诗词协会入编《泗阳年鉴》	152	临江仙·忆君
143	鹧鸪天·次韵贺再春先生《湖畔涛声》付梓感怀	152	临江仙·秋游洪泽湖
144	鹧鸪天·市多家诗词协会来泗采风有记	153	点绛唇·滴水观音
144	鹧鸪天·庄园雅聚得"空"韵	153	蝶恋花·牡丹
145	鹧鸪天·白鹿寺	154	柳梢青·中华万年青
145	鹧鸪天·贺《桃花源》十卷书成	154	天仙子·雪莲
146	鹧鸪天·万老八十寿	155	醉花阴·月季
146	鹧鸪天·次韵夏老有赠兼生日有怀	155	满庭芳·咏庭院白玉兰
		156	定风波·闰九月九日
		156	苏幕遮·次韵杨学军先生《诗词进校园有感》
		157	喝火令·杨过

7

157	青玉案·畅游生态公园	169	狼山
158	行香子·不惑感怀	169	延安劳山国家森林公园
158	行香子·运河放歌	170	辽宁苍龙山原始森林公园
159	破阵子·游魏阳山		
159	水调歌头·次韵石光老师《壬寅生辰自述》	170	我的家
		171	家乡那条小河
160	念奴娇·梧桐巷怀古	171	中扬镇印象
160	壶中天·贺张老鸿禹先生八十寿	172	春野
		172	初秋运河风光带闲步
161	沁园春·杨柳春风	173	初秋应邀游赏河西荷塘
		173	桃花源诗社来安行
		174	庚寅仲秋泗阳船闸放舟
		174	丙申立夏前日应刘左二公之邀放舟六塘

律诗篇

		175	登泗水阁
164	我负青山一首诗	175	泗阳运河风光
164	本地风光（一）	176	六塘放歌
165	本地风光（二）	176	满城风雨近重阳
165	点赞泗阳	177	来安月季小镇采风行
166	林海野趣（一）	177	初秋登上穆墩岛
166	林海野趣（二）	178	云竹湖
167	受邀游沭阳南湖公园遇雨有记	178	登会仙阁
		179	啸傲峰
167	市三县两区诗词协会泗洪洪泽湖湿地采风行	179	迎春
		180	春晨
168	钱集之行刘曦公邀成有记	180	春游
		181	春日（一）
168	龙王庙行宫古戏楼	181	春日（二）

182	初夏	195	秋夜独酌
182	度夏	196	秋夜登楼
183	金秋感赋	196	秋至乡村
183	秋闱	197	七夕之牛郎织女传说
184	踏秋	197	中秋问月
184	庚子重阳受邀淮安刘老庄小聚得"去"韵	198	中秋赏月
		198	国庆有题
185	谷雨	199	金秋感怀
185	春日即兴（一）	199	中秋感怀
186	春日即兴（二）	200	重阳
186	春日即兴（三）	200	重阳歌咏会有感
187	春游泗阳县生态公园	201	重阳分韵得"醉"字
187	村居暮春	201	秋日有寄兼和张秀娟老师
188	赋春	202	秋吟
188	春日随感	202	暮秋时感
189	乙未立春	203	初冬对雪
189	己亥春日有记	203	元宵
190	清明	204	癸卯年的最后一场大雪
190	初夏（一）	204	新年感怀
191	初夏（二）	205	过年了
191	仲夏随感	205	年味
192	夏日	206	彩凤
192	夏至（一）	206	龙泉剑
193	夏至（二）	207	池塘柳
193	戊子年夏雨	207	赏月
194	秋兴	208	飞燕
194	秋思	208	咏耕牛
195	秋暝	209	咏玉

9

209	咏雪	220	弃官寻母
210	梅	220	次韵李朝林先生《春》
210	兰	221	温衾扇枕
211	竹	221	次韵夏老《古稀感怀》
211	菊	222	次韵复寄左祥生先生
212	桃花开了	222	金秋喜贺"六塘书学会"书法文化馆展出
212	咏来安黄嘴夫妻银杏树	223	《桃花源》八卷书成寄刘曦先生
213	夜赏昙花	223	桃花源诗社一周年船闸喜聚
213	对莲	224	喜贺石光老师《甲子抒怀》
214	我家有株丹桂	224	贺泗阳众兴诗书画研习会成立（藏头）
214	癸巳春，来安戎老等人到李口老家扦插一排石榴，成活十载，因生虫而毁，志之	225	贺汪老喜发诗集
215	箕子	225	次韵南园老《八十初度》
215	谢赠壶翁先生	226	次韵卢老《八十咏怀》
216	虞姬	226	次韵王前玉老师《槐乡俚韵》
216	李贽	227	次韵贺再春先生《七十书怀》
217	记天宝三年李杜同行同饮	227	和王兴伦诗友听歌曲《原来你只是一个过客》
217	杨善洲	228	仓集夏老以诗邀饮，次韵其诗
218	宿迁初谒刘家魁老师（一）	228	在梁老新居偶吟
218	宿迁初谒刘家魁老师（二）	229	次韵刘家魁老师《惊蛰戏作》
219	芦衣顺母		
219	诗境		

229	读王玉先生《街道值班》偶感	236	奔五感怀（三）
		237	追忆青春有感（一）
230	致无痕先生	237	追忆青春有感（二）
230	次韵唐白居易《销夏》	238	垂钓（一）
231	次韵唐窦叔向《夏夜宿表兄话旧》	238	垂钓（二）
		239	闲居（一）
231	重九诗会四十周年有记	239	闲居（二）
232	桃源记怀	240	闲居（三）
232	放下	240	闲居（四）
233	坡底韵一首	241	闲居（五）
233	隐居	241	闲居（六）
234	山居	242	春至郊野
234	云游	243	夏日萧散行
235	放舟		
235	奔五感怀（一）	**244**	**后记**
236	奔五感怀（二）		

绝句篇

野岛

闲至无人岛,孤舟傍满蓼。

风竿逐浪花,惊起啼春鸟。

桃源赏花

红杏三千顷,夭桃十万行。

看花人一个,归去袖盈香。

拟古（一）

山根清露滑，野渡苍苔没。

长风一叶舟，独钓秋江月。

拟古（二）

高冈云卧石，风下秋霜白。

寒塘雁影过，冷浸松涛碧。

樵夫

孤啸苍崖倚,芦刀开石髓。

归携一片云,抖落寒潭里。

季春应邀高渡行

何处斗芳华,梨花油菜花。

春风三万里,伴我到天涯。

高渡飞艇游湖

报墩岛畔水中央,快艇翻飞鸥竞翔。

朵朵浪花收入袖,今朝聊发少年狂。

陟彼高冈

白鸟悠悠一水涯,山风入抱鼓蕉纱。

此身坐在松涛上,朵朵流云是浪花。

登泗水阁

桃花源里运河长,泗水阁中翰墨香。

此身恨不生两翼,飞过一一是风光。

泗阳船闸深秋放舟

轻摇双橹小桥东,一抹斜阳向晚风。

秋色松涛将卸载,带霜枫叶落怀中。

梨兰会

三台山上白云飞,二月兰开蝴蝶围。

暮雪梨园花世界,春风送到我心扉。

牛角淹印象

每从旷野到村头,挑断钟声牛角悠。

篝火点燃家感觉,满天星斗小停留。

游成子湖

滩涂岛屿鸟耕耘,亲水平台邀我勤。

垂钓清波三万顷,归舟卸载一溪云。

洪泽湖(一)

三大湖湾好放舟,避风港里试投钩。

云屯水府清波漾,时有支流入海流。

洪泽湖（二）

悬湖一座竟遭囚，结对青虾向自由。

无限风光皆筑就，碧波万顷遣轻愁。

洪泽湖（三）

汉堰雏形唐堰连，长堤百里系渔船。

只因并蓄黄淮水，从此胸怀辽阔天。

游蓬莱

蓬莱阁远一帆孤,欲访神仙遗迹无。

海雨天风何处岸,群鸥在彼急声呼。

八堡[①]人家

八面来风四面塘,堡通流水两河长。

人行树下蝉声起,家有花香伴酒香。

---

① 八堡村位于江苏省泗阳县李口镇东北部,东依京杭大运河,西临黄河故道,地势起伏,水系贯通。

泰山

幸有长风可借攀,直通帝座列仙班。

洞天难锁云吞吐,天下闻名第一山。

云海玉盘

泰山岱顶一奇观,万里云铺作玉盘。

雨后初晴谁点化,山头几座出云端。

北岳恒山

雄关险塞渡春风,烟雨迷蒙虎口松。

石夹青天云阁立,悬空寺在半高峰。

衡山(一)

祝融万丈立天阶,紫盖一双仙鹤偕。

大雁身轻飞不过,转身沧海是山崖。

衡山（二）

观庵寺庙每成排，松雪环山化作斋。

白雪青松皆洞彻，天垂七十二峰崖。

桓仁

八山一水一分田，千里浑江通向天。

杨柳观音人仰望，枫林霜染映清泉。

娄山关

横刀立马指雄关,两翼包抄只等闲。

捷报首传时回首,残阳如血染青山。

南湖红船

烟雨楼前烟雨中,南湖灯火出迷蒙。

摇来一棹波光荡,欸乃声声唱大同。

华山论剑（一）

仰空一剑俯高山，招式浑忘天地间。

长啸声中云出岫，狂歌化作水潺潺。

华山论剑（二）

御风直上白云间，人在江湖侠客闲。

独往独来天地外，归家挂剑对青山。

一个人的世界

空庭独酌看花开,一朵花开酒一杯。

门外响声皆不应,与花私语管谁来!

咏青春

欲把青春比作山,此山早在我心间。

烟云拢起磨成墨,风写诗行不得闲。

我的老家

渔樵同住白云坡,十里长堤碧水多。

种下青春无悔树,故乡有约你来么?

三台山中华珍奇紫薇文化园

袭人芳气已成团,老干虬枝花作冠。

红海滩头谁见证,最高那朵在云端。

湖滨沙滩

十里沙滩十里人,凉风细浪打湖滨。

回看鸥鹭相亲水,天地之间自在身。

夏日洋河玫瑰小镇游

丛林探险小儿忙,骏马争先跑一场。

万亩玫瑰花世界,花开地久到天长。

夏日雨后下班途中作

人世消磨棱角平，可怜华发鬓边生。

池塘雨后蛙声满，也学蛙鸣一两声。

皂河龙王庙行宫（中华通韵）

山门御笔字镏金，广场神杆六丈身。

一鼓一钟风雨里，龙王形象最亲民。

与泗阳船闸张建国相约坐船头(中华通韵)

千里风光大运河,垂杨两岸似操戈。

诗人坐在浪花上,一朵浪花一首歌。

身在桃源

曲径通幽结伴行,运河初夏水流清。

我身幸在桃源里,坐听鸟鸣诗兴盈。

中国杨树博物馆四棵杨树王

入云高树并肩王,根扎桃源作栋梁。

天地之间孤削甚,站成最美那韶光。

淮泗河边即景

河堤水涨野花香,白鸟俯身冲个凉。

初夏时光怎消遣,我和蝴蝶捉迷藏。

所见

惊艳从来是夕阳,锦霞半坠作红装。

余晖演绎黄昏恋,热吻青山自曝光。

清光

窗前生满水精霜,梦里青丝万里长。

近日三更明似昼,抬头转恨月清光。

采莲（一）

佳人双桨出瑶塘，船载荷花十里香。

莲子青青清似水，盈盈一握贴心房。

采莲（二）

秋至藕花深处里，青青莲子叶田田。

一声欸乃惊鸥鹭，双桨撑开水底天。

雨后口占

雨住风来一阵凉,桥连芦苇有鱼藏。

是谁惊起滩前鹭,不向深塘向浅塘。

池塘冬景

云从天外倒栽塘,鱼向藕根深处藏。

枯苇根根皆是笔,寒霜抖落即文章。

听鸟早唱

鸟儿早起这么多,落耳叽喳都是歌。

大自然中无假唱,好声音满一筐箩。

鸟儿的歌舞盛会

千百鸟儿如大军,枝头墙上彩排频。

一场盛会花开日,恼恨身为局外人。

过八十二烈士陵园

苍苍高柏秋风瑟,字字碑文书壮烈。

侧耳长听眼长看,枪声犹带壕沟血。

孤峰

穿入九天如铁针,一丛竹影一张琴。

我身应是青峰化,出岫白云长挂襟。

春至桃源

魏阳山下运河滨,胜日和风处处春。

万紫千红颜色好,采花不是赏花人。

日暮

垂钓寒风懒结茅,小阳春里坐芳郊。

迎亲芦苇红霞帔,闹喜炊烟挂树梢。

题江苏

江宁并与苏州府,吴韵汉风千百年。

淮左三分明月夜,金陵王气六朝天。

踏雪寻梅

翩然飞落在乡村,踏雪谁为第一人?

却向故园寻旧迹,梅花折下把持春。

登山

烂漫花开石洞前,白云生处有神仙。

盘旋而上风相助,绝顶登临万里天。

垂钓

向晚鱼龙未钓来,半池云影半池苔。

红霞一抹随钩起,捆绑回家任剪裁。

咏春

村头油菜怒，又见养蜂人。

燕子飞来后，花开才是春。

春日口占

黄金生柳芽，绿玉作篱笆。

燕啄春泥软，风过尽是花。

春到了

我到庭前问候梅,携瓶折取一枝回。

忽闻东北伊轻语:山杏过些时日开。

春暖

杨柳风高驾纸鸢,桃花接手杏花天。

梁间燕子呢喃语:身上衣衫可褪棉。

春

杏花看了看梨花,还看桃花落晚霞。

燕子号称春使者,春风衔满在农家。

与春天相约(一)

我与春天同作画,黄鹂翠柳并成图。

炊烟一缕风撩起,诗在青山酒在壶。

与春天相约（二）

拽朵流云过野居，半篙波暖醉倾壶。

一壶不够春光凑，大把清风不用租。

访春

油菜花开二月时，春风邀我下楼迟。

林中偶遇画眉鸟，一首歌儿一首诗。

晚春

细草微风燕子斜,通幽曲径到谁家。

絮随蝴蝶穿庭过,篱落疏疏尽落花。

春钓(一)

春风还是有些寒,拔桨撑开红蓼看。

惊起白鸥云啄下,夕阳高挂钓鱼竿。

春钓（二）

碧草潭生蛱蝶迎，鸟鸣声里钓竿擎。

波中倒出桃花影，一缕清香岸上盈。

春钓（三）

青草池塘垂钓忙，鱼篓满满是春光。

人前人后花蝴蝶，忽入百花深处藏。

清明

清晨雨住却添凉,放罢风筝柳插忙。

正是郊游好时节,梨花缟素断人肠。

春夜

酒香伴得晚风香,几点星光落梦乡。

青草塘边连夜发,蛙声结阵罩檐房。

春暮

偶过苔桥侧杖筇,时看流水落花红。

黄鹂绝唱斜阳里,大好春光告别中。

春日

燕子衔泥成对飞,黄昏细草雨霏霏。

春风洗漱花间醉,引得一群蝴蝶围。

春日村行

油菜花开掩竹扉，蹁跹蝴蝶陷重围。

微风不燥清波漾，翠鸟白云堆里飞。

春情

庭前蝴蝶舞成双，粉面桃花半掩藏。

折下花枝人未至，低头几度嗅清香。

抱春

垂钓池塘杨柳枝，和风细雨燕参差。

张开双臂花成海，怀抱春天就是诗。

春梦

梦中忙把竹筐编，榆荚金黄化作钱。

可恨墙头好多鸟，喳喳吵我不能眠。

端午

一曲离骚午日酬,汨罗江上竞龙舟。

青青箬叶层层裹,裹住米团团住愁。

五月十五夜

一池碧玉种新荷,闲数应是蛙鼓多。

半夜时分人未寐,十分月色怎消磨。

夏日(一)

清风绿叶满林生,一幅天然画卷成。

夏日炎炎经雨洗,池塘高涨是蛙声。

夏日(二)

蔷薇架下举杯吟,小院花香细细斟。

屋后蝉鸣并蛙鼓,开窗放入好声音。

夏日(三)

阳光正好挂林梢,鸟送凉风酒半浇。

午梦时分花落了,高飞蝴蝶越过桥。

避暑(一)

水荇林花将我迎,蝉鸣世界看风行。

忽然一鸟衔枝舞,好似秋千荡不停。

避暑（二）

棹举荷塘怀抱香，风编草席树阴凉。

忙人笑我闲人个，我笑忙人一味忙。

避暑（三）

绕堤无处不闻香，十里荷花垒作墙。

牵引柳条风走动，一钓划破水清凉。

立秋（一）

菱角荷花结满池，蝉鸣一夏在高枝。

凉风有信来消暑，细雨梧桐萧瑟时。

立秋（二）

葡萄架下背篓提，采摘红椒黑豆回。

风至西郊蝉觉冷，梧桐叶落报秋来。

七夕（一）

偷听南瓜棚下语，回看飞鹊驾凉风。

时光慢煮千年约，天上人间两处同。

七夕（二）

鹊架星桥渡爱河，浮槎可载那金梭。

金梭若使凡尘掷，料是人间机杼多。

七夕（三）

架起银河之上桥，齐心喜鹊任辛劳。

此情共与天辽阔，未让风霜损一毫。

秋夜（一）

桂花新谢菊花愁，借得秋霜染白头。

叶落中庭风扫尽，月光如水漫高楼。

秋夜（二）

采来红豆捻成痴，却恨痴痴君不知。

落叶满庭风乍起，月光之下写相思。

秋情

雁阵排空声断续，风中霜叶漫山舞。

若论天下最无情，还数潇潇连夜雨。

秋日(一)

稻花开尽蟹应肥,霜叶无情大雁飞。

背着余晖闲步走,凉风已透几重衣。

秋日(二)

野旷天高湖水平,莲蓬子采一舟横。

归来转恨春无迹,屋后空余落叶声。

秋日（三）

晴空万里雁横排，总在金秋时候来。

落叶缤纷成地毯，桂花开后菊花开。

中秋赏月（一）

婆娑桂影落人间，谁负容颜不一般？

月到中天堪作镜，妆台架向那云端。

中秋赏月（二）

仰观最好坐高楼，风托此身天地浮。

月里婵娟清影瘦，一番袖舞一番愁。

中秋赏月（三）

青娥对镜照花行，月桂吴刚伐不停。

砍破玉壶光独放，天边偶尔有流星。

中秋赏月（四）

长袖翩然舞一轮,广寒宫里寂寥身。

除非玉兔能亲近,高冷从来是女神。

中秋赏月（五）

庭下凉风卷上楼,桂花香向酒杯投。

谁将明月磨成镜,照出人间一半秋。

中秋赏月（六）

唧唧虫声将出笼，清光尽饮酒杯空。

寻常一样天边月，落到窗前便不同。

中秋赏月（七）

桂子香移月殿中，虫声漫出两千盅。

撩人夜色难消遣，一袖清光一袖风。

中秋赏月（八）

一轮高挂众星随，碧海青天万古栖。

欲揽嫦娥长袖舞，清光垂下是仙梯。

冬天来了

万家灯火一时封，桥下水流仍向东。

或许寒凉随雨落，初冬月不挂梧桐。

冬日

雪压乡园又一层,长河月落暗生冰。

萧萧万木寒风剪,未到黄昏已点灯。

山花

山寺花还在,人间久不春。

身因松石伴,心便出红尘。

桃花

灼灼其华三月逢,驻颜有术赖东风。

撩人最是丰腴美,虽死犹生作口红。

杏花

春风占尽斗芳菲,东海仙人饱食肥。

万点胭脂红晕带,江南烟雨景阳妃。

吉祥草

倚石丛生风韵殊,九龙盘结耐寒躯。

山空暮雨秋霜后,结果明明佛顶珠。

康乃馨(一)

风行世界到如今,一束花香一寸金。

连续开成红火焰,燃烧天下母亲心。

康乃馨（二）

谁移幽谷到芳庭，花束何妨放入瓶。

回首儿时粉红色，永恒记忆是温馨。

含笑花（折腰体）

风前自有嫣然态，庭后花开六瓣香。

美人对我轻含笑，我对美人长不忘。

凤仙花

莫对街头红发讥,纤纤十指染芳菲。

追思埃及妖艳后,效仿大唐杨贵妃。

常春藤

细弱长藤偏给力,有心便可上高檐。

伊人欲把春长驻,书舍青青挂作帘。

榆

春风洗礼好新鲜,覆盖阳光上接天。

满满乡愁难抹去,枝头串串是榆钱。

兰

晚风摇曳是芳华,幽谷深深当作家。

嗅到盎然春气息,翻飞蝴蝶化成花。

君子兰

怀抱春风不忍弹,清香托举向云端。

等来烟雨天青色,赢得人间另眼看。

白玉兰

娇娘纤手把风招,俏立中庭做体操。

雪海人间成胜境,花香堆砌鸟声高。

蔷薇

百丈篱笆满是花,黄昏雨后夕阳斜。

成双蝴蝶翩翩舞,几架蔷薇当作家。

夜来香

一架柔藤向曲廊,风来叶底弄清凉。

妆成檀晕三更月,最是销魂玉体香。

宝石花

无水栽培叶作花,斑斓宝石落谁家?

天然一个莲花座,永不凋零是彩霞。

水莲花

不胜凉风罗袜香,怕羞躲向水中央。

喧嚣远避清波照,绽放青春又一场。

盆景罗汉松

本是悬崖之上松，如今打坐在盆中。

傲人气势虽收敛，风景依然大不同。

荷花

玉盘高举接芳香，红是流霞白是霜。

捧住一泓清浅水，凌波照出好韶光。

莲

凌波微步霓裳舞,一伞撑开万里天。

建起清凉真净土,涟漪千顷种成田。

柿子

不畏深秋萧瑟风,遭霜犹可见丰茸。

流霞扯破高枝挂,也作灯笼别样红。

牵牛花

花开七夕说相思,头断秋风枝蔓围。

织女牛郎低调语,鹊桥架起扩音机。

桂花

月照庭前花满枝,人间天上两相宜。

嫦娥袖卷黄金屑,错把清香酿作诗。

山松

万壑风摇出响音,亭亭孤秀落清阴。

经霜百尺凌云直,爽气时生逼袖襟。

菊

色艳群英第一流,芳熏百草牧场秋。

九天风露新浇出,盆覆黄金上案头。

雪花

天上人间哪个家,从天而降到天涯。

一生高洁梅稍逊,却叹偏偏不是花。

晨起望雪

半掩帘帷半掩墙,都成一片白茫茫。

玉人疑是三更至,万里银沙凝作霜。

梅（一）

隆冬纵有那冰霜，却有疏枝冻不僵。

哪管雪花堆得厚，忽然夜半发清香。

梅（二）

仙翁遗种落山冈，冰作芳心玉作裳。

十里花开香雪海，半坡清气满衣囊。

梅（三）

天然姿态傍窗台，白玉碾成风剪裁。

冰雪情操谁得似，清香盈袖美人来。

梅（四）

独立庭中身矫矫，美人生自冰心巧。

邀来白雪两相亲，拈得清香归嗅饱。

西红柿

大个樱桃挂满枝,向来红艳惹人思。

一时无两风光后,倾覆每于膨胀时。

泗阳鲜桃(一)

最是桃源露水鲜,黄河故道得天然。

何妨组个仙桃会,回味三千六百年。

泗阳鲜桃（二）

无限风光放眼量，夭桃千顷已成行。

桃花四散惊飞鸟，桃子压枝分外忙。

泗阳鲜桃（三）

灼灼其华结子荣，诗人无赖是多情。

此身已作桃源客，不负春光不负卿。

泗阳鲜桃（四）

底色金黄风味甜，清香缭绕透重帘。

桃源幸有仙桃种，千顷云霞王母瞻。

泗阳梨园白酥梨

最是清明前后时，蜿蜒古木老龙姿。

一年两景君须记，白是梨花黄是梨。

泗阳白酥梨

成熟稳当优雅兼,一番风味一重帘。

谁教满口山泉水,浇落金秋别样甜。

咏马

千里云霜千里月,一身劲骨四蹄轻。

雄风烈烈昭陵骏,只是人间犹未平。

水

江湖久处待闲鸥,四海为家不计秋。

谁道平生低一等,青天也作彩云流。

老磨

幸福时光方转至,艰辛岁月已推过。

此生无悔漫回首,经历世间风雨多。

彩凤

栖息梧桐餐竹实,醴泉渴饮在天涯。

一经高举盘旋起,彩羽如波胜月华。

哨子

系上黄绳挂在胸,身虽轻巧貌平庸。

赛场反作风云手,天下风云莫不从。

陀螺

一座山峰倒立中,重重鞭影是惊鸿。

放飞自我青春秀,敲打反成神助攻。

答诗人刘家魁"一生之问"(一)

明镜妆台重,菩提果实沉。

青山唯坐忘,处处放身心。

答诗人刘家魁"一生之问"(二)

坐倒菩提树,照翻明镜台。

无私天地阔,心放这儿来。

题刘家魁老师戎装照

是谁迎落雪,帽顶洒松风?

军号频生梦,响声天地中。

咏诗人刘家魁（一）

花间蝴蝶树间巢，野步闲吟随手招。

家有杨林通泗水，风来飒飒见高标。

咏诗人刘家魁（二）

乡愁高挂鸟之巢，忘却诗名闲弄篙。

芳草连成无数笔，桃源梦里好挥毫。

答刘曦老师

劳君挂念寄诗来,相识桃源真幸哉。

我是萧闲人一个,什么时候酒樽开?

环卫工

沧桑多少驻君颜?落雪飞霜两鬓斑。

扫出一番新气象,回看净土在人间。

农民

面朝黄土背朝天,才种桑麻又种棉。

一粒归仓一身汗,荷锄带月一年年。

戈杰老先生喜获"百岁诗翁"称号有贺

笔写春秋作杰雄,宝刀未老是黄忠。

桃源喜报争呈看,戈舞人生百岁翁。

感悼金庸大侠

笑傲江湖笑射雕,连天飞雪碧生潮。

侠之大者唯君尔,从此江湖失剑箫。

市民自发悼念您

如意湖中水不流,广场铺满菊花愁。

故居重走红星路,泪作汪洋人作舟。

慰孔老

一缕寒风算作愁？雪堆三尺不成楼。

打开牖户阳光满，且任长河尽日流。

赠泗阳首家农家书屋创办人戎宏宽

宏深论调发桃源，宽豁门庭卷帙翻。

谁见农家书屋里，文章劝世乃箴言。

读苏轼《临江仙·夜归临皋》

醉抱月光眠,醒挑玉露还。

敲门江水应,倚杖一身闲。

读女诗人徐艺宁《采采集》

青山遍处生嘉木,叶有清香根有灵。

蝴蝶飞来时采采,青山未改那青青。

父亲节读杜甫诗句"风雨不动安如山"

犹记牵牛田地间,丰收之后是欢颜。

而今背影虽消瘦,风雨依然一座山。

读石光老师《运河流韵》

运返诗囊独放舟,河堤傍柳好投钩。

流莺故把流云逐,韵出清波作胜游。

读石光老师《游旅闲余》

塞北江南一卷收,阅山阅水阅春秋。

今朝《游旅闲余》读,我也闲余作旅游。

咏烈士魏其虎

打扮妆成乞丐身,纷飞战火是青春。

调兵号接冲锋号,虎胆英雄有一人。

苗人凤

人中龙凤见襟胸,天下从来父爱同。

热烈深沉融一体,真情流露也英雄。

陶渊明

五株杨柳植门前,十亩山田一亩园。

采菊东篱真趣拾,此身何处不桃源。

李白

出门大笑濯青莲,对影三人酒满船。

醉里骑鲸靴脱落,风流万古一诗仙。

端午怀屈原

悠悠不尽汨罗江,端午年年粽子香。

浪漫情怀求索久,一山一水一华章。

妈祖

慈心一片化成神,风浪之中岛屿巡。
但愿无风也无浪,世间都是太平人。

天峨龙滩特大桥建成通车

腰身横放一千丈,托起时空转换门。
夸父南天来散步,深深脚印是桥墩。

闻泗阳陈祠堂有乾隆行宫遗迹咏叹（一）

谁把美人无数藏，闲寻旧迹访祠堂。

当年帝子风流账，欲说还休对夕阳。

闻泗阳陈祠堂有乾隆行宫遗迹咏叹（二）

帝子行宫犹在否？残墟堆里叹兴亡。

当年春色随流水，还看今朝草木芳。

登泗阳天桥俯望大运河有感

天桥登上意悠悠,人力开成水自流。

南北贯通船似箭,隋炀帝有大功留。

国庆抒怀

风撩柿树挂灯笼,枫叶点燃霜用功。

我与国旗同合影,动人最是一框红。

涌泉跃鲤

七里行程为取鱼,晚归即逐太无辜。

甘泉味共长江水,金鲤成双愿作俘。

醉意朦胧入梦乡(一)

醉意朦胧入梦乡,月娥对镜正梳妆。

一声雁叫秋风里,有种心情怕晚凉。

醉意朦胧入梦乡（二）

杯中有酒便轻狂，醉意朦胧入梦乡。

夜半时分天地寂，当头小月正昏黄。

醉意朦胧入梦乡（三）

月作冰壶露作浆，满天星斗化成霜。

西风剪落梧桐叶，醉意朦胧入梦乡。

观海上日出

岸无边际浪无声,捧出一轮红日明。

回首海风停歇后,波涛万里忽磨平。

清晨偶作

鸟儿邀我作嘉宾,影落窗前来往频。

宿醉未醒迟出屋,开门即是闭门人。

听歌曲《罗刹海市》

花场十里起氤氲,扮得勾栏高雅身。
驴吼鸡啼皆是曲,醒来恨作曲中人。

次韵孟浩然《春眠》

大梦一场谁觉晓,青山处处闻啼鸟。
无风无雨也无云,花落管它多与少。

次韵徐崇先先生《泗阳之夜》

两岸花开比浪花,携壶带晚酌流霞。

运河与我将同夜,一片诗帆未有涯。

次韵并赠诗家南园

杖倚孤潭碧树林,只因山水有清音。

每回诗会前排坐,想听先生橘颂吟。

和网友天婵《读佛经有感》

都道如来法印多，至今仍备一空箩。

任风吹皱清波去，且看池塘开满荷。

次韵圆泽禅师三生石歌

前因后话两茫茫，未了尘缘几断肠。

横笛牧牛歌复啸，浮云一片过清塘。

偶感

潭生春草波清澈,月上青天光皎洁。

一叶归来舟不孤,我心空廓如何说!

唐僧扫塔(一)

风盈四壁簸箕盛,星月满天更鼓鸣。

扫出人间真净土,灵台宝塔两澄明。

唐僧扫塔（二）

西行一路是修行，俯首甘为扫地僧。

扫却尘缘心作帚，禅灯点上最高层。

词曲篇

十六字令·书

书,序作兰亭笔自如。临池坐,天地有谁摹。

十六字令·画(变格)

画,登堂入室茅庐雅。气韵生,阁楼山水挂。

十六字令·琴

琴,谁抚无弦直到今?天涯望,何处有知音?

十六字令·棋

棋,敲落灯花子落时。松风起,坐忘了天机!

十六字令·诗

诗,拈断茎须不自持。三更起,吟到月沉西。

十六字令·酒(变格)

酒,八仙同饮谁为首?意气投,一壶当一口!

十六字令·花

花,倾世容颜胜月华。春风里,四面照流霞。

十六字令·茶

茶,一勺甘泉舌底芽。清香溢,溢出是烟霞。

十六字令·书画琴棋诗酒花茶

耶,书画琴棋诗酒花。高冈坐,犹饮一壶茶。

天净沙·八堡人家

清香煮作瓯茶,细流环绕人家。绿树鸣蝉一夏。钓竿垂下,桶中都是鱼虾。

啰唝曲

村外丫头背落晖，花坡十里采花归。后跟一对花蝴蝶，忽左飞来忽右飞。

竹枝

黄昏相约小池塘，却把花枝笑打郎。无意清波皆映出，有心飞蝶舞成双。

长相思·梨园采风

桃花开,李花开。时至清明客竟来,诗人站一排。鸟悠哉,蝶悠哉。落雪纷飞谁与偕?恼羞风独裁。

长相思·含羞草

身儿柔,心儿柔。庭院风来低下头,为谁含着羞?一回眸,再回眸。落了相思添了愁,欲休犹未休。

浣溪沙·清明假日里仁游记

醉品窑湾绿豆烧,友人几个话长聊。兴来枸杞嫩头挑。 胜日闲游寻胜境,童年犹忆唱童谣。把心放假自逍遥。

浣溪沙·初冬与众文友登魏阳山

欲雨犹晴似湿衣,拾梯而上举红旗。云烟缭绕几回迷。 三两清风长袖里,一分流水小桥西。桃源高处且论诗。

浣溪沙·喜贺学军先生
《旧韵新吟》付之梨枣

　　意象生成得雅章,诗心一缕任徜徉。江南江北把名扬。　　日月星辰三岁集,天神我子四知堂。今朝风采看杨郎。

浣溪沙·除夕偶成

　　乡下年糕水饺盆,梅花爆竹喜迎春。钟馗挂上换门神。　　三碗汤圆三碗酒,万家灯火万家人。围炉夜话到凌晨。

浣溪沙·读《秋光吟》

手捧秋光细品吟,运河漫步自歆歆。白云有意水无心。　陌上花开飞蛱蝶,天涯诗赋觅知音。家藏万卷不藏金。

浣溪沙·春

鹅在桥头鸭在溪,云浮南北水东西。小儿欢喜戴春鸡。　微雨一庭双燕剪,和风万里百花齐。飞来蝴蝶有莺啼。

浣溪沙·夏

云在青天水在溪,君来问道直行西。几排槐柳几声鸡。　醉捧荷塘明月满,闲邀楼阁大星齐。蝉声一片伴蛙啼。

浣溪沙·秋

把酒持螯赋满溪,渔歌唱晚过桥西。篱笆独立一雄鸡。　半院霜风梧叶乱,万家灯火月辉齐。芦花飞雪雁空啼。

浣溪沙·冬

千里冰封不见溪,寒霜冷月板桥西。谁家茅店五更鸡? 山色空蒙云色浅,梅花烂漫雪花齐。北风一夜梦中啼。

浣溪沙·仲春
访淮安区河下诗词楹联协会有记

蝶舞梨花并海棠,风光一路作韶光。手牵河下柳丝长。 首次交流真顺畅,几番印证又何妨。诗联酒所共芬芳。

浣溪沙·端午活动有记

艾草青青粽子香,风吹半夏正微凉。纵情端午又何妨? 席上论诗歌屈子,杯中有酒话沧浪。登楼遥望汨罗江。

浣溪沙·癸卯端午

似火榴花照画廊,已逢夏至午阴凉。丝分五色臂缠长。 香艾高悬寻古渡,离骚久捧饮雄黄。清波角黍汨罗江。

浣溪沙·秋日有怀

身处江湖闲数鸥,古城烟柳系轻舟。天涯雁远几声啾。　千里寒霜千里月,一山红树一山秋。重阳过了每登楼。

浣溪沙·秋游洋河农业嘉年华

每到重阳便好秋,重阳过后半天游。桑麻稻菽入双眸。　阔叶三千生绿野,红鱼一万逐清流。出门便是八仙楼。

浣溪沙·立冬

上古农耕皆作民，收藏万物酒粮囤。高歌十月小阳春。　饺子锅蒸欢喜气，草根汤补散闲人。寒潮落自雪花云。

浣溪沙·元旦抒怀

此是新年第一天，阳光满满盛杯盘。窗台绿植已齐肩。　白雪挂帘真寂寞，红炉煮酒任酣欢。行程有你缀成篇。

浣溪沙·寄焕德兄

一卷词成诗一囊,三篱瓜种豆三行。驾舟独钓在荷塘。　煮盏新茶消酷暑,斟壶老酒对晴窗。潇潇暮雨说清凉。

浣溪沙·贺沭阳县诗词楹联协会成立

莫道春期已过期,人间四月正芳菲。南湖歌啸乐余滋。　工鼓锣敲花木曲,田园韵写沭阳诗。袁公藤下看新枝。

浣溪沙·次韵晚晴诗社赵老《八十感怀》兼贺

莫道人生一梦休,何妨携酒上高楼。人间最好是金秋。 红叶染霜彰本色,晚晴倚马看神州。戎装虽解也风流。

浣溪沙·次韵石光老师《稀龄寄怀》

佳句寻来即手抄,新篇翻与古人聊。短歌廊下入山遥。 暮雪卖萌成夜色,晚风作秀是诗骚。满壶春意怎么消。

浣溪沙·迎春座谈会

半盏清茶笑语喧,温生一室暖心田。桃花源里已春天。　谁寄锦书将我约,窗临白雪共梅妍。且寻风雅过新年。

浣溪沙·人民调解员

合理调停更合情,纠纷化解岂图名?和风细雨润无声。　惊鹊几声朝日艳,鸣蝉千树晚霞明。人间何处不天晴!

浣溪沙·凌老
莅临泗阳指导诗教工作有感

胜日桃源走一遭,年高不惧路迢迢。为弘国粹任操劳。　旗帜鲜明航向指,诗花锦绣用心浇。云帆高挂喜乘潮。

浣溪沙·朱瑞将军

智勇双全几度闻,东征西战一将军。炮兵元帅奠基人。　天地轰鸣歌岁月,风云激荡落星辰。对山挹水每怀君。

生查子·看雪

前朝雪下时，争说梅花秀。雪落到黄昏，花把人香透。　　今朝雪下时，雪景长依旧。独自赏梅花，却忆伊双袖。

采桑子·春

闲随流水寻堤柳，袖染花红。每见山葱，燕子双双细雨中。　　几回醉了秋千荡，总恨匆匆。把酒临风，却又偏偏想起侬。

采桑子·参观国润农业大观园

最新培育无须土，流水相浇。一串葡萄，入口鲜甜胜蜜桃。　小亭曲径通幽处，几度登桥。把酒闲聊，特色佳肴香味飘。

采桑子·来安街道
庆祝建党百年文艺汇演感怀

凤凰飞落瑶台上，弦管笙簧。舞罢霓裳，大好男儿也化装。　满怀来即安之感，花与茶香。夏日炎光，照在风华正茂乡。

采桑子·新春感怀

新年添岁衣冠重,总觉匆匆。起点寒风,高卷帘栊觅雪踪。　挑灯夜半微醺后,影落杯中。试问鸿蒙,盘古开天寂寞同?

卜算子·月

梦醒在三更,最是清辉澈。莫把相思卷入帘,独对窗头月。　每到这时分,又恨伤离别。觉有光华落满杯,且饮霜和雪。

卜算子·和王玉先生参会有感

千里运河长,最美桃源处。船过花堤鸟放歌,百万人家住。　　直向疾驱驰,风雪如何阻?腊日阳光一盏茶,且共书香煮。

清平乐·嫦娥六号首次在月球背面采集月壤

嫦娥款款,犹有金蟾伴。满载而归乡园返,一份珍稀特产。　　红旗漫卷中华,广寒宫里人家。谁把乡愁拾起,袖飘万里天涯。

鹧鸪天·喜贺《桃花源》[①]首发

泗水阳春可放心,桃花源里几番临。诸君佳作如潮涌,独我无才对月吟。　　飞阁险,运河深,闲来把棹发清音。兰亭会上诗茶酒,万古愁销直到今。

清平乐·打卡宿城唐圩

农家小院,花气撩人面。燕子成双来做伴,榆枣百年共勉。　　炊烟袅袅田畴,井波脉脉乡愁。细雨黄昏漫步,桥边谁系轻舟。

---

① 《桃花源》系列包括《泗阳诗词珍藏版》四卷和《醉美泗阳》《美味泗阳》等,共十卷书。

清平乐·立夏

樱桃熟了，杏接山园枣。采遍榆钱春告老，蛙鼓莺歌高调。　　秀麦陌上龇牙，石榴羞顶婚纱。燕子双飞时候，斜风细雨天涯。

落梅风·诗词协会年终总结大会在泗阳县众兴实验小学召开

骚人闲步小回廊，黉门满是阳光。俗言俚语即成章，却非狂。　　抱壶而饮归来后，寒松笑我忙忙。醉乡还并作诗乡，又何妨？

忆秦娥·八十二烈士陵园
采风得"碧"韵

漫寻觅,墓堆三丈当年迹。当年迹,壕沟还在,为英雄揖。　黄昏拂晓枪声逼,千秋万古男儿役。男儿役,巍巍碑立,柏松青碧。

武陵春·新春

点缀霜花窗户上,风过觉寒轻。何日围炉待雪晴,梅放到前庭。　谁把春天故事说,夹道鸟欢迎。一朵流云一座亭,坐等小山青。

武陵春·立春

万里和风初解冻,起蛰物华新。天子东郊率众臣,斋戒祭芒神。　龟子报春铜鼓打,一意去迎春。德令仁施惠兆民,此始大欢欣!

西江月·三台山之信步雾森栈道

几辆车中游客,三台山上征程。天鹅湖与镜湖平,栈道直通山顶。　正是良辰美景,无论风雨阴晴。穿梭林海水云生,好个人间仙境。

西江月·观高跷有感

丈许竿长和尚,两寻文弱书生。翻山越岭过宫城,夸父自由驰骋! 未可扬威耀武,何须得意忘形。身前身后鼓锣声,算是高人一等。

西江月·泗阳风情

淮海戏中锣鼓,琴书声外花船。金毛狮子在桃源,舞动运河两岸。 打硪打飞号子,高跷高上云天。青春堡垒大观园,凝结风情一卷。

西江月·游宿迁运河湾公园 ①

名士广场久仰,大桥鸿运高悬。谁邀春到运河湾,南北徘徊忘返。　　入眼梅花香艳,荡胸堤柳新鲜。一声欸乃水云天,船载诗情满满。

西江月·忆青春

到底书生意气,上头剑客传奇。蛙声铺满小清溪,人捉迷藏乡里。　　岁月长河寻梦,青春往事成堆。儿歌忆唱酒斟杯,漫饮时光印记。

---

① 运河湾公园包含靳辅广场、鸿运桥、"千里运河第一湾"等景观。

西江月·仲春拜谒朱家岗烈士陵园

久仰泗洪界集,初瞻烈士陵园。男儿一向敢争先,誓把狂澜力挽。　以少胜多案例,永垂不朽诗篇。英雄肝胆壮河山,铸就中华画卷!

西江月·童年拾趣

屋后新开榆荚,村头满是槐花。菜园也有小黄瓜,入口清凉一夏。　柴叶包成碧粽,秋千荡起红霞。狗刨凫水晚回家,屁股光光不怕。

西江月·故乡记忆（一）

　　草垛依稀几个，土墙也有三间。油灯一盏落心田，拾取声声轻叹。　　皓月无边帘外，凉风有信庭前。梧桐叶落觉微寒，仰看人形大雁。

西江月·故乡记忆（二）

　　老圃清风足迹，高台明月光华。满天星斗落窗纱，月色星光同化。　　绿竹千竿雨际，白云一朵天涯。河边独坐钓云霞，如是我闲春夏。

西江月·泗阳来安胡氏节孝牌坊

节孝牌坊竖立,千秋家族荣光。垂帘振业美名扬,享有十分声望。　　金石情操在世,冰霜苦节流芳。平生才德自无双,赢得人间传唱。

西江月·黄恒丰艺术团第二十届"小村春晚"演出

特色标兵何在?"小村春晚"联欢。吹弹拉唱说成篇,二十年来不断。　　百姓传承文化,草根畅想明天。民间锣鼓二胡弦,大众纷纷点赞。

西江月·诗文讨论有感

闲赏钱塘飞浪,醉观大海扬波。一潭静水石投过,喜看浪花朵朵。　字句推敲有益,文章探讨无疴。百花齐放笑飞歌,几度争鸣方妥!

西江月·生态宿迁

万顷氧吧幽境,一盆净水晴天。十条河道百千年,灌溉良田不断!　构想北推西进,实施南拓东延。引湖环绕马陵山,满是青葱入眼。

西江月·杨絮

林里霏霏落雪,风中冉冉撩人。一时半刻满衣裙,最恨无羞强吻。　　本是天然风景,奈何扰乱乾坤。绒球翻卷到家门,以指相弹曰滚!

西江月·荷

自带三分禅意,天然一股芳香。尖尖角露小池塘,雨落珍珠二两。　　急桨摇来浪漫,闲竿钓得清凉。凌波微步水中央,早有蜻蜓向往。

西江月·来安月季花园

　　世外桃源仙境,城东月季花园。春风万缕落人间,却是谁家栏槛?　　误把清香藏袖,羞将秀色成餐。流萤唤我快回看,正与云霞争艳!

西江月·宿北大战纪念馆

　　宿北集中兵力,峰山高举旗旌。东门塑像有群英,一塔巍巍立定。　　朱瑞将军千古,马仑书记平生。勺湖桥下碧波横,回看栏杆曲径。

虞美人·中秋家宴

今年三世同堂宴,在那新庭院。小儿小女乐呵呵,旁若无人争着唱儿歌。　　中秋月饼圆圆个,醉与婆娘坐。稻花香共桂花香,天上一轮明月放清光!

渔家傲·闲吟

短笛长吹闲步走,双飞蝴蝶粘双袖。长发飘飘还看柳,黄昏后,沿堤每把斜阳负。　　佳趣天然谁有售,诗吟一首三壶酒。醉卧竹林幽径口,花儿嗅,鸟啼声里青山秀。

浪淘沙令·冬吟

不见那青山,不见清泉。春花秋月觅来难。正是冰封时候也,待雪盘旋。 夜半枕边寒,怕冷依然。举杯独对火炉燃。消遣怎生惆怅了,抱酒而眠。

浪淘沙令·游嵩山

千古峙中原,虎踞云天。谁当会饮石淙边?几度玉溪垂钓客,瀑布崖前。 七十二峰连,好个名山!凡尘不染出清泉。待月嵩门游颍水,成了神仙。

浪淘沙令·喜贺丁芒先生九十华诞

有位老诗人,九十青春。东西南北赏奇文。星火燎原吟几曲,谁可来论? 依旧念寒村,枫叶翻新。追求不一样精神!闲煮苦丁茶熟了,笔扫风云。

浪淘沙令·赠书法家张汉修

有位忘年交,七十还高。六塘河畔把名标。一手时常提着笔,一手操刀。 遍植李和桃,喜笑扛锹。今年几度苦相邀。犹记与君微醉后,半日长聊。

浪淘沙令·读田汉《74军军歌》

抗日一先锋,个个英雄。勇挑重担展雄风。阵地夷为平地后,血染从容。　赫赫有奇功,飞虎旗红。可歌可泣显精忠。守得住还攻得上,身化山峰!

浪淘沙令·清明踏青

渡口有闲舟,可跨清流。白云飞过忘持钩。每在花开时节里,闲数飞鸥。　林下两头牛,遥望田畴。运河杨柳倚风柔。又是一年春好处,宛在瀛洲。

浪淘沙令·落叶

飘落到清流,化作轻舟。人间值得一回游。云水天风从此伴,还共闲鸥。　　一任冷湫湫,细雨沙洲。应无心事挂心头。如自上阳宫里出,莫问根由。

鹧鸪天·春的印象

卷起珠帘拂上衣,东风总是很顽皮。邻鸡报晓声盈耳,杨柳伸腰绿掩扉。　　莺乱斗,燕齐归,平冈细草落斜晖。池塘微雨谁筛下,吆喝田头新试犁。

鹧鸪天·端午

桑葚樱桃端下厨，榴花似火扫庭除。煮成蜜枣三锅粽，饮尽雄黄一酒壶。　　悬艾草，挂菖蒲，也将门外贴灵符。小儿喜把香囊佩，独我情怀系五湖。

鹧鸪天·杨善洲

两袖清风何所求，甘泉水引路兴修。一言九鼎人间信，百姓三餐心上忧。　　怀大爱，有良谋，退休犹自不思休。捡来果核成桃李，善把荒山化绿洲。

清平乐·《桃花源》第六卷发行有贺

桃源佳话,六卷书无价。盛世讴歌当此夏,大好风光如画。　黄鹤楼满诗篇,兰亭宴集成编。一字一行一首,看花看月看山。

鹧鸪天·读《倚天屠龙记》

随侍相依不欲分,江湖传说假还真。小昭美色当时隐,无忌神功天下闻。　叹沧海,恨红尘,云烟过眼总无痕。人生自古伤离别,骗尽多情是戏文。

鹧鸪天·喜贺宿城区诗词协会成立

绿色田园在哪乡,两湖清水韵流长。借诗喜贺三千首,把酒何妨一万觞。　春未尽,燕成双,花开陌上细闻香。今朝再约深秋里,不负东篱菊蕊黄。

鹧鸪天·祭灶

饺子开锅豆腐汤,巧粘玉米麦芽糖。祷词总是多祈福,神案分明每供香。　丰典祀,小年康,杯盘家有醉填仓。当来利市交佳运,百姓纷纷媚灶王。

鹧鸪天·喜贺泗阳县诗词协会入编《泗阳年鉴》

盛世歌吟禹舜尧,花开朵朵用心浇。梦中几度春风面,醉里千秋江海潮。　年可鉴,担当挑,桃源如此更多娇。扬清激浊非为利,如有虚名一把烧。

鹧鸪天·次韵贺再春先生《湖畔涛声》付梓感怀

天籁频来曲谱成,笛横湖畔起涛声。寻源野岸连蓬影,揽月重霄挂水精。　冬映雪,夏囊萤,琅嬛阁上待谁鸣?古稀临近童心在,一亩诗田用力耕。

鹧鸪天·市多家诗词协会来泗采风有记

好个清清成子湖,水中栈道看游鱼。波光云影词千阕,杨柳春风酒一壶。 塘长藕,岸生蒲,参差飞鸟落金凫。眼中多少迷人景,尽可装池不用租。

鹧鸪天·庄园雅聚得"空"韵

大雁南飞我向东,重阳节近适相逢。竹篱野径浮云影,茅舍庄园隐菊丛。 歌岁月,论英雄,章程拟定赋秋风。情知坐席三杯倒,诗酒人生且看空。

鹧鸪天·白鹿寺

南靠青山北靠河,沧桑银杏舞婆娑。厢房正殿参禅久,力士天王护法多。　碑苍古,塔巍峨,寺中香火赖头陀。晨钟暮鼓三千偈,多少行人费琢磨。

鹧鸪天·贺《桃花源》十卷书成

诗客今朝作醉翁,凉风拂过是唐风。三春渐暖三江水,十卷终成十载功。　蝴蝶白,石榴红,桃花源里每相逢。人间美味须回味,再整高楼酒一盅。

鹧鸪天·万老八十寿

家有诗书三四千，诗书读破不当官。精雕细琢寻金句，集腋成裘缀玉篇。　　因直爽，反清闲，开怀大笑是晴天。桃源席上真君子，酒到杯干是酒仙。

鹧鸪天·次韵夏老有赠兼生日有怀

虽少江南谢客才，青山独对自开怀。花溪品赏无拘碍，箫鼓行吟未雅谐。　　游月殿，上天阶，是谁能够做安排。今朝有酒须同酹，管甚风来雨也来。

鹧鸪天·抒怀

不惑之年又若何,将知天命也蹉跎。青春一窖闲愁少,往事千端幽恨多。　　风漫野,水盈科,襟怀每属那烟蓑。如今听雨僧庐下,点滴空阶细打磨。

南乡子·端午

五月少闲人,灵艾高垂昼掩门。菰粽下锅刚煮熟,氤氲。新做香囊佩在身。　　将到了黄昏,剩有雄黄酒一樽。鸟跃海榴花上唤,频频。恰似龙舟号子闻。

踏莎行·依韵和石光老师《六九书怀》

大运河流,倩何人至?几声欸乃舟摇细。云烟拢起更铺平,拈来松子当棋子。 陌上红花,杯中绿蚁。魏阳山下皆齐备。诗田一块在心房,闲耕作啸风扬袂。

踏莎行·王官集蝴蝶兰大世界

孔雀神情,貂蝉姿态,大观园里开成海。翩翩舞蝶逐芬芳,杳然清气分尘界。 步步生花,人人青睐,风骚独占谁能解!天生蕙质映中庭,春光共与兰心在。

鹊桥仙·七夕

长安城里,开襟楼上,七孔针穿乞巧。庭陈白藕复红菱,又一度、焚香袅袅。　　银河清浅,金簪恨落,脉脉此情难了。鹊桥架起爱无疆,直到那、天荒地老!

临江仙·次韵潘莹先生
《泗阳诗协表彰"桃源诗人"》

衣振高冈霜气踏,云舒云卷悠悠。枫林红透已深秋。放歌宽缓者,一一是清优。　　沿路韶光偏入眼,诗囊轻解轻收。喧嚣远去且休休。桃源从此看,何处不风流。

临江仙·晚晴诗社四十周年庆

天下文枢之处也,东南第一诗坛。秦淮清韵入朱弦。忘机鸥鹭舞,还看水云间。　　四十年来如一梦,江头仍旧垂竿。钓来词赋八千篇。山亭多少座,都在晚晴天。

定风波·童年

桑葚榆钱摘取忙,刮哥声里捉迷藏。几簇蔷薇香满袖,可口,丝瓜豆角挂东墙。　　蛛网粘竿知了捕,有趣,连环图画未相忘。牵着柳条河岸走,回首,黄昏一抹是斜阳。

小重山·首个
"南京大屠杀死难者国家公祭日"

昨夜风生家国寒,古城惊一梦、直心酸。哀思寄托向青天,浮云渺、共与日阑珊。　　罪孽重如山,亡灵三十万、十分冤。莫忘前世警钟悬,男儿泪、纵有莫轻弹。

蝶恋花·桃源林海

林海飞栖千百鸟。自古桃源,一个桃花岛。每上楼台高处眺,小桥流水人家绕。　　舟放荷塘云影钓。坐忘浮名,戏说闲论道。满载而归还发啸,兴来对着清风笑。

临江仙·忆君

君到如今可好？诗吟多少新篇？别来几日得清闲？当时频把酒，初见两相欢。　云卷云舒依旧，花开花落年年。风徐风疾也无关。窗前明月在，何怕夜深寒！

临江仙·秋游洪泽湖

在我眼前皆是水，莲花成片相迎。有莲蓬子自青青。白云围绕久，双袖鼓风行。　方外闲人吟复啸，未期鸥鸟来听。碧波千顷正天晴。明年邀约了，满载一舟轻。

点绛唇·滴水观音

预报阴晴,叶凝玉露无声坠。鸟啼风细,长染纱窗翠。　　大士观音,落下慈悲泪。杨枝水,遍浇尘世,心垢如何洗?

蝶恋花·牡丹

照水芙蓉何处避?焦骨重生,珠露凝烟翠。拂槛春风无限意,沉香亭畔佳人醉。　　惊艳贵妃娇欲比,云锦霞裳,月下瑶台倚。有蝶飞来千百只,朝朝暮暮长栖此。

柳梢青·中华万年青

点缀深庭，登堂入室，四季常青。叶逼清凉，果催红艳，冬不凋零。　　宛如九节莲生，也似那、开喉剑横。沐一帘风，醉三春雨，扬万古名。

天仙子·雪莲

雪作衣裳冰作佩，九天飞下天仙子。　　天山之上宛如莲，风露里，白云际，好个佳人清似水！

醉花阴·月季

　　黄四娘家庭院外，皇后娇姿态。无意那蜂儿、蝴蝶儿来，落下相思债。　　四时总有春风载，未肯千金卖！少女忒多情，手把清香，边嗅边斜戴。

满庭芳·咏庭院白玉兰

　　密叶层层，高枝朵朵，回廊宛转春浓。翩然蝶至，落入我双瞳。依旧吹兰芬馥，真个似、刻玉玲珑。佳期里，丰姿绰约，惊艳了苍穹！　　几回回倩影，庭园深处，鸣鸟声中。问世间，此生皎皎谁同？独有散花仙女，霓裳舞、每爱临风。芳心系，丹霞清露，山涧小溪东。

定风波·闰九月九日

酒熟风高落叶凉,东篱聊发少年狂。自作清歌谁共醉?烟水,良辰美景对柔肠。　闰月鞋儿提在手,祈母,寿延无量福无双。天上人间同样景!应庆,一年两度遇重阳。

苏幕遮·次韵杨学军先生《诗词进校园有感》

竹连天,花满地,怀抱书香,唱和初冬霁。流水高山谁解意,一曲清音,帘下声声细。　赋闲情,生野致,提笔成诗,每日闻鸡起。小小学童非梦呓,古韵新风,且看今朝继。

喝火令·杨过

弱水如何取,英雄任结交。华山峰顶比云高。离合死生参透,空袖卷江潮。　剑重携归隐,心狂也寂寥。一声长啸且逍遥。俺有高招,俺有只神雕,俺有许多传说,孰不是天骄!

青玉案·畅游生态公园

游人一过公园口,见麋鹿、时惊走。今日与君闲把袖。清波留影,清香争嗅,几度清风叩。　半池莲叶光难透,好似观音百千手。曲径通幽人赏久。方登桥上,又依垂柳,不觉黄昏后。

行香子·不惑感怀

　　景遇良时，酒必倾杯。钓竿携、一日三炊。吕翁瓷枕，槐国金枝。看闲中我，醉中你，梦中谁。　　霜华染鬓，鸥鸟忘机。那青春、后会无期。童心偶拾，故里重回。醉窗台月，荷塘水，柳条堤。

行香子·运河放歌

　　乘着风来，双桨轻抬。看杨槐、南北成排。鸟翻白羽，鱼自悠哉。对云天色，霜天雁，水天涯。　　楼船万古，隋堤千里，有余晖、落我襟怀。浪花朵朵，何处蓬莱？但随风住，和风舞，任风裁。

破阵子·游魏阳山

观望台西楼满,魏阳亭上云遮。小艇摇登杨柳岸,短笛吹开桃李花。鸥翻水底沙。　　就着山风喝酒,采来松露煎茶。做个烟波垂钓客,不钓鱼儿不钓虾。直钩钓晚霞。

水调歌头·次韵石光老师《壬寅生辰自述》

我沐城郊雨,君揽魏阳山。几番棋局输赢,文字结因缘。美酒大杯饮尽,碧水扁舟坐忘,垂钓运河边。拍手浮云散,拢袖对青天。　　风扶柳,花经眼,更何言。三更过后,皎皎圆月落心田。梦里乡音未改,醉里乡愁拾起,袅袅是炊烟。偶得新奇句,唤作小丰年。

念奴娇·梧桐巷怀古

将军八尺,乃千秋无二、神勇人物。紫电双瞳光射处,可取代之轻说!力拔山兮,英雄盖世,踏落乌骓雪。鸿门相宴,一时谁是豪杰。　　几载霸业王图,分封六国,政令曾经发。百战人生无敌手,旌指强秦灰灭。别罢虞姬,楚歌四面,恨洒乌江血。仰天长叹,此情非涉风月。

壶中天·贺张老鸿禹先生八十寿

人间四月,见榴花似火,竹枝含翠。垂钓浮云檐角挂,挂作珠帘装缀。自在胸襟,逍遥心性,家在桃源里。仙缘应有,玉盘桃果谁赐。　　却寄庭院深深,闲情几许,暇日茶三沸。还看麻姑飘若举,美酒一壶呈瑞。小篆精神,楷书风貌,墨落芸窗纸。曾经共醉,方成真正知己。

沁园春·杨柳春风

杨柳春风，绿到前窗，吹到前庭。叹红尘误入，清波每钓，花盈小院，蝶恋长亭。夜半更阑，挑灯犹忆，往事千端不忍听。楼频上，对三分流水，一抹山青。　　重新收拾心情。烟霞赏、举杯杯莫停。念云崖卧险，笛吹松落，渔歌唱晚，棹动潮生。也学东坡，芒鞋竹杖，袖手何妨自在行。微吟罢，待茶斟竹舍，坐忘功名。

律诗篇

我负青山一首诗

我负青山一首诗,青山负我苦相思。

孤云独去尚平志,五柳都归陶令辞。

将水烧开凝暮色,把柴砍倒作藩篱。

心间飞出花蝴蝶,落向人间哪个知。

本地风光(一)

皎白月光何处寻,晨钟暮鼓到如今。

桃源古渡桃花海,竹马青梅竹叶琴。

泗水风流谁问鼎,绿杨夕照鸟投林。

几回大运河边走,袖拢新诗不住吟。

本地风光（二）

登顶魏阳山上望，城南城北尽楼房。

武陵人在桃源境，泗水阁成翰墨场。

夕照运河桥暮色，风撩林海鸟天堂。

深呼吸后归来晚，赶拍几张杨树王。

点赞泗阳

十新天府不寻常，飞架一桥南北长。

竹叶作琴风作曲，桃花成海蝶成墙。

垂杨植下新城绿，泗水流通古国香。

大运河边船似箭，隆隆吟起好诗章。

林海野趣（一）

削芦作笛与谁听？曲径通幽且啸行。

陌上花开双蝶舞，林间草长万蝉鸣。

钩轻竿细浓阴厚，野旷天低流水清。

路转桥头霞半落，飞来一鸟忽忘名。

林海野趣（二）

蝴蝶成群飞不停，青鱼结对自由行。

风摇竹影疑签字，鸟啭歌声在抒情。

渡口桃源云染白，黄河栈道水流清。

绿杨阴里无人处，拦路羊羔学卖萌。

受邀游沭阳南湖公园遇雨有记

千尾红鱼摇动莲,美人轩下久凭栏。

石榴花满风吹细,夏树阴浓雨落寒。

幸会诗家行处好,欲还酒债道声难。

却叹华发多生早,挥袖频频不忍看。

市三县两区诗词协会泗洪洪泽湖湿地采风行

地球之肾大名闻,仲夏初游幸作宾。

芦苇荷花争入眼,桥栏鸥鸟近邻身。

独深呼吸三千口,共晚归来四五人。

酒未斟多浑欲醉,半为美景半良辰。

钱集之行刘曦公邀成有记

春风陌上牡丹园,千亩连成白雪天。

三个鸟巢亲近我,半车诗句恨无笺。

魏圩清水长相绕,钱集老鹅多么鲜。

共把芳华来品味,一觞一醉一陶然。

龙王庙行宫古戏楼

有声图画一回回,斗拱飞檐钟鼓催。

白雪文章堪作出,阳春烟景已铺开。

悲欢离合千秋史,古往今来百姓台。

几度君王成看客,黄粱梦醒响疑雷。

狼山

西俯江风与浪齐,五山连接觅传奇。

明珠璨璨支云塔,古迹苍苍清御碑。

峰上悬岩当坐忘,洞中卧石莫推移。

是谁开辟人间道,长啸一声回响随。

延安劳山国家森林公园

万亩氧吧居此间,深呼吸久自虔虔。

油糕米饭甘泉美,凉粉火烧荞面鲜。

卧虎石连千尺峡,镜心湖洗一青天。

薄姬人去残碑在,但有奇闻不住传。

辽宁苍龙山原始森林公园

千顷公园今日临,耳边不住鸟清音。

小桥流水西城口,曲径通幽原始林。

龙椅峰头方坐忘,猿人村里又歌吟。

石门倚久归来后,好景依然驻我心。

我的家

农家最有那闲心,酒在壶中细细斟。

鸡犬连天声入耳,杏桃结子雀穿阴。

墙头雨打皆成昨,陌上花开直到今。

岁月缝缝还补补,炊烟一缕一根针。

家乡那条小河

小河仍旧那么长,忆我童年总激昂。

掀起浪花云上面,扎回猛子水中央。

柳条编织清凉梦,芦苇遮拦大太阳。

袅袅炊烟催靠岸,声声呼唤是爹娘。

中扬镇印象

古镇小桃源,草鱼真是鲜。

风生杨柳岸,藕遇水云天。

芦苇依偎处,乡愁多少篇?

青虾湖面出,万顷看良田。

春野

三两小姑娘,村头忙采桑。

春风双颊软,杨柳万条长。

篱短花招蝶,圃疏香过墙。

亲们听我说:惜取好时光!

初秋运河风光带闲步

杨柳正梳妆,蜻蜓刚起床。

林深飞鸟隐,帆过运河长。

依阁千重险,披衣一件凉。

金风欲相送,木槿那清香。

初秋应邀游赏河西荷塘

未至已闻香,花开又一场。

鱼群声细碎,荷叶影微凉。

流水清秋梦,高台万亩塘。

何时寻月色,醉倒曰何妨!

桃花源诗社来安行

时临季夏不为迟,切好西瓜啃到皮。

喜上眉梢陶器古,幽通院角石榴垂。

农家书屋诗人赋,节孝牌坊天子辞。

相约桃花开满后,何妨再把大杯推。

庚寅仲秋泗阳船闸放舟

凉风四起好乘船,船闸几番来结缘。

烟岸两边烟作岸,水天一色水连天。

碧波荡漾三千里,青史流传多少年。

踏浪忘归心气爽,逍遥自得我当先。

丙申立夏前日应刘左二公之邀放舟六塘

诗人欲把晚春留,邀约今朝逐水流。

清浊分明成一线,往来自在泛双舟。

仰头但见云天阔,举棹愿从鸥鸟游。

话别长堤斜照好,和风唤我几回眸。

登泗水阁

顺桥直到运河边,云阁高层已接天。

拍浪渔船同旦暮,拂堤杨柳共风烟。

一轮红日宜相照,千里清波恁可怜。

胜景四时生足下,鸟儿飞过语如弦。

泗阳运河风光

阳光水岸好风光,堤上花开两袖香。

白浪千重双桂棹,绿荫十里一诗廊。

云从鸟背移新阁,雨顺桥身洗宿妆。

乱斗纸鸢空阔处,四时不断钓竿扬。

六塘放歌

六塘河上又撑船,放下一篙诗一篇。

白鸟悠然杨柳岸,清波照澈水云天。

竿垂两尾草鱼重,粽裹三层柴叶鲜。

我是桃花源里客,喧嚣告别已多年。

满城风雨近重阳

满城风雨近重阳,雁阵排空落叶黄。

一棹烟波新缱绻,众鸥野渡旧行藏。

岸边芦荻篱边菊,云下亭台月下霜。

每把松涛生足底,虫声听比夜深长。

来安月季小镇采风行

月季园中袖卷香,莫言此景是寻常。

游人惊艳花开放,蝴蝶怕羞身隐藏。

倚石影斜青草浦,隔巢鸟并白云乡。

清歌一曲杯倾倒,醉里推窗晒太阳。

初秋登上穆墩岛

穆墩岛上说神奇,水涨之年岛涨时。

无事但来莲可采,有舟相伴鸟飞随。

借竿垂钓冬春夏,赊酒低吟曲赋诗。

鼓袖金风还扑面,殷勤邀我我心知。

云竹湖

太行镶嵌一明珠,云绕竹生天上湖。

飞鸟游船风底浪,重峦叠嶂画中图。

振衣长啸高冈坐,濯足低吟美酒沽。

荡尽尘埃忧尽去,此身已住在仙都。

登会仙阁

一路蓬莱故事听,登临高阁我忘形。

海天旷览丹崖显,云水空蒙白鹭腥。

众妙之门关急景,独行其道觅真经。

霞波应是能梳洗,别有涛声达帝庭。

啸傲峰

仰天一啸俯青葱,携酒三壶独坐峰。

曲径通幽闻鸟语,白云出岫觅仙踪。

身登绝顶悬浮瀑,衣振高冈不倒松。

挂杖归来灵气蕴,半为隐士半为农。

迎春

欢迎春驾到,又见一山葱。

竹绕篱前绿,花开陌上红。

借竿垂涧水,忘我抱松风。

望蝶翩翩舞,双飞天地中。

春晨

东方一日悬,照我不能眠。

鸟跃清波出,花开绿野妍。

庭前风细细,窗外蝶翩翩。

油菜三千里,浓香种满田。

春游

潭水春生碧,我来鱼不惊。

前村花烂漫,故苑蝶欢迎。

鸟悦清塘远,风眠绿野平。

驱车方欲歇,又驾小舟行。

春日（一）

春风拂面来，吻上了谁腮？

燕子双双到，桃花处处开。

青丝湖柳绾，红日晚霞陪。

相约垂竿钓，归家喝几杯。

春日（二）

春忽到高楼，风轻绕指柔。

人闲竿独举，水暖鸭群游。

湖柳条垂绿，花园蝶舞幽。

墙头飞落鸟，唤得我心悠。

初夏

布谷好声音,如弹五弦琴。

轻舟初试水,乳燕早投林。

荷露尖尖角,风吹薄薄襟。

闲来锄草久,瓜种傍桑阴。

度夏

静坐把身调,可怜酸了腰。

高林隐飞鸟,残照落鸣蜩。

闲步溪空映,登临谁共聊。

风摇窗竹影,化作一支箫。

金秋感赋

临近了深秋,闲来话旧游。

云天洪泽阔,诗酒运河流。

舟载风花月,人依水阁楼。

桃源佳境在,何必羡瀛洲。

秋闺

雁阵过寒塘,障风映袖凉。

锦书才下笔,红叶已经霜。

帘掩深闺影,庭生明月光。

嫦娥莫相问,断了几回肠!

踏秋

菊放东篱下,何妨休个假。

丹枫野渡围,鸿雁秋风驾。

棹底出溪云,村头逢竹舍。

诗囊系落晖,长啸登高罢。

庚子重阳受邀淮安刘老庄小聚得"去"韵

重阳何处去,刘老庄头伫。

茅舍坐骚人,农家具鸡黍。

云浮野径幽,叶落清茶煮。

酒醉但归来,诗成忘机杼。

谷雨

纷纷柳絮自飞来,石卧墙根半着苔。

雨酿作茶三泡饮,竹围成圃一畦栽。

坐舟独钓桃花水,听鸟空啼夕日槐。

几叶浮萍闲看长,紫樱肥了牡丹开。

春日即兴(一)

东风屡屡过前厅,柔柳枝条插在瓶。

万里晴空游白鹭,一池碧玉载青萍。

故园新访飞家燕,小笛横吹响铎铃。

郊外儿童忽争起,纸鸢错放到天庭。

春日即兴（二）

大好春光何处逢，鸟儿唤我太匆匆。

舟横双桨波摇绿，蝶舞一丛花落红。

怀旧人非惆怅客，登高谁抱快哉风。

归来未晚桥头立，身影随云跌水中。

春日即兴（三）

春至风柔雨也柔，横吹小笛下高楼。

花香阵阵庭深处，鸟悦声声柳上头。

叠嶂层峦堪缱绻，行云流水任悠游。

清泉饮罢时沽酒，野径归来笑牧牛。

春游泗阳县生态公园

七座小桥春意浓,山花拂面径行东。

轻舟拟泛平湖水,双蝶翩然旷野风。

细草塘边无限碧,余晖塔上一团红。

置身生态主题里,别样园林打造中。

村居暮春

片片飞红飞向溪,溪边处处草萋萋。

双双粉蝶翩翩落,树树黄莺恰恰啼。

夕日斜斜桥下水,晚霞艳艳垄间犁。

炊烟淡淡家家屋,袅袅风来满大堤。

赋春

谁使青山着玉钗,多情春雨到天涯。

花香环绕新篱蝶,竹影扶摇细草阶。

明月三更方入梦,清风一阁已萦怀。

小桥流水东南去,听得蛙声落满斋。

春日随感

不为钓誉不为钱,诗韵敲成又一天。

春到桃源三万顷,花开陌上五千年。

夜空星斗明堂制,野趣山林金匮编。

曲径通幽闻鸟语:白云堆里且酣眠。

乙未立春

万里和风来往频,一元复始喜迎春。

耕牛鞭打东郊雨,飞燕窝临剪彩人。

犹未踏青山水醒,方过祭灶阁楼新。

十分愿景从今立,最是农家岁首珍。

己亥春日有记

竹扫窗前几片云,纸鸢乱放恼芳邻。

杏花影里双飞燕,渡口船头独钓人。

小圃围成翻沃土,新茶煮沸忘浮尘。

春风畅我心怀久,水阁闲临置此身。

清明

荡罢秋千访酒家,牧童遥指夕阳斜。

春光无限莺啼序,山色相宜蝶恋花。

杨柳风轻郊外草,渔舟唱晚渡头沙。

枇杷香里遨游后,却把愁堆一辆车。

初夏(一)

疑是仲春和暮春,翻墙蝴蝶也纷纷。

樱桃熟了千行豆,杨絮团成一片云。

庭放榴花红耀眼,塘生荷叶碧沾裙。

乡间野菜相攀长,田埂何妨割几斤。

初夏（二）

闲看柳花飞过墙，风生四野送清凉。

酸牙梅子邀开口，悦耳鸟声铺上床。

梦想诗篇蝼蝈咏，乡愁故里地龙忙。

杏桃齐举拳头赞：还是蔷薇第一香。

仲夏随感

万民五月少闲心，独我流连老树林。

两岸柳阴连白屋，千重麦浪滚黄金。

飞来蝴蝶迎风舞，放下鱼竿举棹吟。

激起水花还自落，清流流去不能禁。

夏日

人人尽道夏时长,我谓时长尽不妨。

窗种浓阴飞鸟过,篱藏小圃削瓜香。

四方客至茶三沸,两局棋成诗一囊。

楼上繁星闲细数,葡萄架下觅清凉。

夏至(一)

青蝉白鸟绿阴浓,深院榴花又吐红。

荷种池边消暑气,蛙鸣雨后接凉风。

繁星点亮高台上,夜幕拉开清梦中。

一早推门迎日出,随心行至小桥东。

夏至（二）

夹道清阴爽气生，钓竿放倒怕鱼腥。

舟横野渡惊鸥鸟，风近荷塘向沼萍。

流水溅溅桥下绿，高山隐隐垄头青。

蛙声雨后连连涨，篱落江村酒一瓶。

戊子年夏雨

黑云翻墨势难收，白鸟藏身羽带愁。

拍打花墙声急急，摩挲石壁兴悠悠。

池中匍匐红萍漾，桥底依稀碧水流。

雷歇野郊荷竞采，一篙在手荡轻舟。

秋兴

凉生雨后小楼东,拄杖篱边傍菊丛。

千里寒霜千里雁,一襟晚照一襟风。

岂无落叶愁深重,别有浮云意未穷。

醉卷珠帘明月挂,清光漏入酒杯中。

秋思

忽觉酒和诗兴无,满林叶落半萧疏。

三秋桂子三更月,一院凉风一卷书。

白发新生心自适,黄粱老熟梦何如。

雁声过处频回首,携杖归来不忘初。

秋暝

黄昏细雨欲收回,大雁南天去自来。

桂子三秋香十里,霞波一幕酒千杯。

中庭素月谁怀抱,老圃疏桐我旧栽。

夜隐西窗生菊梦,凉风小院任徘徊。

秋夜独酌

举杯对影共三人,开户邀来月一轮。

夜半华光斟玉盏,天中清露坠凡尘。

振衣长啸无他事,把酒微醺忘己身。

王母瑶池大神会,有谁赠我个星辰?

秋夜登楼

登高人瞰万家灯,皓月中天路几层?

玉露金风掛入酒,剑兰丛菊养成朋。

舟浮绿水何由系,身远红尘总未能。

四面虫声潮涌起,有谁携我坐鲲鹏。

秋至乡村

乡村临近小山溪,短笛横吹直向西。

狗尾草旁长尾狗,鸡冠花下大冠鸡。

疏星朗月团圆近,清酒淡茶欢聚齐。

一叶知秋霜尽染,南天回首雁空啼。

七夕之牛郎织女传说

缥缈仙衣何所遭？老牛自是有高招。

天人合一姻缘定，儿女双全扁担挑。

横出金簪生作浪，偏来乌鹊化成桥。

不渝不弃同盟誓，直到星辰大海消！

中秋问月

蟾宫多少个神仙，也作团圆赏月圆。

小子心中生有问，虚空之上住何年。

楼台倒影金风夜，庭桂浮香玉露筵。

万里清光谁放下，如灯在侧照无眠。

中秋赏月

持斧吴刚力未穷,嫦娥袖舞在高空。

楼登头顶圆圆月,帘卷人迎飒飒风。

今夜霜凝今夜露,桂花酒饮桂花丛。

光华似水谁浇落,满了一盅还一盅。

国庆有题

七十五年携手处,东方唱白一雄鸡。

大江渔禁优生态,中国梦成新主题。

秋水长天堪煮沸,落霞孤鹜并飞齐。

嫦娥共与神舟舞,锦绣河山喜放犁。

金秋感怀

雁阵横空又一秋,殷勤唤我作清游。

枫林霜染金风后,稻浪云犁山垄头。

醉墨淋漓新试笔,大江歌罢再投钩。

红旗之下还须看,美景良辰十二州。

中秋感怀

两处秋风一样凉,露生明月湿团光。

繁星点点金萤照,老院深深玉桂香。

赏却无人三径菊,相思入酒九回肠。

是谁忘了愁滋味,大醉归来鬓满霜。

重阳

秋风起处叶儿黄,霜降时分天地凉。

雁字排空云远送,鱼竿垂水棹长扬。

以诗佐酒青衫薄,煮菊成茶白果香。

扫却愁心凭一啸,登高总是在重阳。

重阳歌咏会有感

稻云熟了值重阳,谁获脂膏粒粒香。

诗韵清锵皆偶得,会风简朴又何妨。

放歌几曲倾杯急,赏菊一盆持蟹忙。

回首还怜君雅致,青松作岭坐高冈。

重阳分韵得"醉"字

重阳每有登临意,头插菊花图一醉。

遍地黄金入太仓,满天大雁成批次。

三秋桂别佩茱萸,五色糕分食蓬饵。

野宴时长忘返程,西风带露辞青翠。

秋日有寄兼和张秀娟老师

微信视频聊作邮,可怜霜染少年头。

鸡声茅店他乡月,野渡风帆不夜舟。

北斗光悬千里路,西江水酌一杯愁。

数行鸿雁红枫叶,两岸黄花白露秋。

秋吟

红枫霜染近深秋,野渡黄花为我留。

天际几行排雁阵,风中一叶是云舟。

鱼竿作杖何妨拄,松籁开怀不用求。

生趣盎然低看脚,草虫世界净无愁。

暮秋时感

拄杖难行君莫讥,年高近怕雨霏霏。

听凭沧海惊涛涌,放任长空鸿雁飞。

日坠千寻山上塔,风寒六尺屋中帏。

算来一梦浮生耳,飒飒秋声何所依?

初冬对雪

恍如仙子下凡来,袖舞鹅毛赖客猜。

飞裹梅心香雪海,消融月影净尘埃。

梨花入夜千枝绽,柳絮随风几度裁。

把酒临屏无意问,从天而降有何才?

元宵

不到元宵不算春,有灯有月算良辰。

灯前芳宴千杯酒,月下笙歌一夜尘。

走马探花星落雨,停车猜谜主邀宾。

蓦然回首阑珊处,不见当年那个人。

癸卯年的最后一场大雪

忽唱曾经那首歌,立春时节雪滂沱。

梅花盖被真温暖,杨柳垂条假拍拖。

尽管风寒千里路,何妨云壮六塘波。

眼前景作人生看,总觉阳光有许多。

新年感怀

桑田沧海几番迁,天上人间共度年。

风月无边云自在,茶禅一味雪翩然。

花开半好闲调色,酒至微醺漫把弦。

笑叹如今无事了,将心托付古先贤。

过年了

一碗汤圆圆又圆,镰刀裁纸作门联。

共端金盏迎春酒,分发红包压岁钱。

土灶烧开那年味,烟花洒落即诗篇。

心头每挂纷飞景,白絮铺平万顷田。

年味

分岁酒斟千万家,万家灯火是烟花。

老街庙市相携早,小子腰包又鼓些。

糖裹鲜甜藏口袋,肉烧烂熟举刀叉。

家乡风味犹推荐,滚烫汤圆苦涩茶。

彩凤

彩凤东南舞,清吟成一曲。

蓬山金井飞,王母瑶池浴。

绰约世间花,晶莹天上玉。

裁霞作羽衣,自是非凡俗。

龙泉剑

山中泉水引,北斗七星池。

峻岭人登处,深渊龙卧时。

结交游侠子,亲近好男儿。

紫气腰间束,光华何用疑!

池塘柳

把月挂梢头,万条垂下羞。

春深娇眼困,风满细腰柔。

池苑皆依水,江湖独系舟。

青青不堪折,缕缕是轻愁。

赏月

谁如你圆满,谁比你高明!

云海飞天镜,帘栊挂水精。

池晴生倒影,露响赋闲情。

一盏清光饮,风流到五更。

飞燕

杨柳行间三月逢,双双驾到越花丛。

新巢垒出庭前影,细雨衔来帘后风。

婉转放歌朝日艳,轻盈起舞晚霞红。

金笼欲觅无踪迹,剪遍清波翻碧空。

咏耕牛

依偎总在主人肩,横去斜奔不用鞭。

一抹乡愁原上草,几声叫唤夕余田。

犁拖万顷犹嫌少,重负多年仍向前。

回望数峰清苦共,残灯明灭正孤眠。

咏玉

石含光泽润而温,君子时时不去身。

比德黄琮为拜地,礼天苍璧可通神。

焉无鬼斧山流水,独具灵犀性养人。

试问子刚奇艺在,一枚珍若一星辰。

咏雪

本是天宫秘密藏,北风吹落满山冈。

梨花漫漫千重阁,柳絮盈盈半亩塘。

融水无声空染色,入帘有韵不遗香。

梅还输了三分白,日出晶莹宛似霜。

梅

冬里奇哉冻不僵,初开数萼近南墙。

玉人舒臂风寒影,高士操琴月幻光。

落水无声轻染色,隔帘有韵久遗香。

一枝踏雪寻来折,插入瓶中气满堂。

兰

常倚春风幽谷间,素心高洁影孤寒。

丛生峭壁板桥画,香染渚山勾践銮。

寄寓九章千古赋,采摘一叶半盆兰。

花中君子谁堪佩,坐久闲随蝶绕栏。

竹

二八佳人好细腰，天生好舞我来邀。

笋生雨后清风抚，月过窗前绿叶摇。

长作钓竿粗作杖，横为牧笛竖为箫。

一身青碧浑如玉，千古谁怜暮与朝。

菊

菊满东篱小石亭，悠然折得一枝行。

陶家久醉怡佳色，彭祖长生餐落英。

偶咏黄巢诗味足，暂随老杜酒香轻。

花中隐士偕谁隐，不尽风流何必争！

桃花开了

莫道粉红波浪奇,燕归三月正佳期。

桃源古邑花成海,泗水阳春蝶在枝。

惊艳如斯相见晚,闻香至此觉来迟。

落英时有缤纷梦,梦里缤纷化作诗。

咏来安黄嘴夫妻银杏树

泗阳避暑山庄觅,黄嘴乘凉胜地游。

遍洒浓阴风送爽,细开嫩叶鸟鸣幽。

神奇传说三千里,亲密夫妻四百秋。

遥想当年张氏者,死生相守有何求?

夜赏昙花

绝世风华只为君，韦陀垂泪度花神。

花开无果三千载，色即是空多劫身。

长袖盈香同入梦，深庭飞雪复归尘。

有谁夜半流连久，回首中天月一轮。

对莲

鸥鹭邀来波枕眠，风中垂钓一方田。

洛神着袜轻盈步，罗汉过江深入禅。

藕切白丝云挂壁，花敷红粉叶撑天。

渔舟唱晚清凉境，满载而归乡味鲜。

我家有株丹桂

合是花中第一流,清芬境造在清秋。

叶凝碧玉风掀舞,蕊炼金丹露淹留。

倒影画阑梅定妒,落英樊圃菊应羞。

月宫移种年年发,解得深愁解浅愁。

癸巳春,来安戒老等人到李口老家扦插一排石榴,成活十载,因生虫而毁,志之

老家院后近仙都,似火榴花十二株。

雾縠水精红玛瑙,云霞玉刻紫冰壶。

露凝甘蜜风催熟,鸟啄香腮雨滴酥。

一树锦囊三百个,乡愁尽系琐窗隅。

箕子

既是纣王臣，谏言何惜身？

朝歌宫麦秀，诗作史书珍。

殷地三仁者，中华一哲人。

东方君子国，洪范九畴陈。

谢赠壶翁先生

篆字显精神，二壶堂主人。

诗成飞白眼，印刻向青春。

三月桃源至，千杯口味醇。

昔时曾唱和，今日见真身！

虞姬

宅第时鸣五凤鸾，纤腰绰约坐雕鞍。

戎装者系英雄气，虞美人扶巾帼冠。

曼舞帐中身影疾，悲歌垓下月光寒。

柔情但为君王故，碧血千年犹未干。

李贽

国子先生万世文，藏书百卷自犹珍。

麻城讲学三千士，胜友缔交一二人。

明水空庭心动久，清风垂袖宦游频。

即为至快闲时遣，虽少吟诗境有神。

记天宝三年李杜同行同饮

醉眠共被忘飘蓬,携手同行恨晚逢。

混迹渔樵江渚上,狂歌草泽夕风中。

二人杯酒成知己,万古文章贯白虹。

遥想大唐生有我,甘当一个小书童。

杨善洲

草鞋书记粮书记,泥土沾身别样官。

名驻世间留手杖,利归天下倚栏杆。

冰心一片甘泉水,大爱无疆竹叶冠。

犹叹悄然来了走,老三件在令人酸。

宿迁初谒刘家魁老师（一）

百里驾车晴复雨，英雄故里正金秋。

名师一席言生趣，画阁千杯酒入喉。

野步湖前青草秀，袖挥城外白云浮。

是谁弹奏成名曲，蝴蝶风中自在游。

宿迁初谒刘家魁老师（二）

百里垂杨入眼眸，时晴时雨过平畴。

诗还依旧歌当下，杯且从容覆不留。

军旅生涯吹小号，花台故土泊孤舟。

几番拨动心弦曲，却道天凉好个秋。

芦衣顺母①

我曰仁哉闵子骞,流芳百世懿行传。

絮飞千片漫天雪,衣损一时尊父鞭。

忍辱少言安顺受,怜亲友弟善成全。

家人和睦公之德,孝系于心化恶缘。

诗境

王维隔水问樵夫,杜甫隔篱来饮呼。

漫与诗篇红日近,轻生棹影白云孤。

鸟声进屋缘三径,花气撩人酿一壶。

绕宅几行杨柳植,出门春色满平芜。

---

① 闵损,字子骞,早丧母。父娶后母,生二子,衣以棉絮;妒损,衣以芦花。父令损御车,体寒,失镇。父查知故,欲出后母。损曰:"母在一子寒,母去三子单。"母闻,悔改。

弃官寻母[1]

弃官寻母乃何人？我叹今无古或闻。

忆念在心怀誓愿，虔诚以血写经文。

三餐粗食双行泪，千里清风一片云。

赢得苏王诗竞赞，神宗从此更怜君。

次韵李朝林先生《春》

惊蛰闻雷舟放溪，踏青直到小河西。

清明断雪长流水，谷雨无霜独立鸡。

柳絮轻狂风约久，樱桃妖冶蝶来齐。

阳春白日多烟景，花落花开有鸟啼。

---

[1] 宋朱寿昌，年七岁，生母刘氏为嫡母所妒，出嫁。母子不相见者五十年。神宗朝，弃官入秦，与家人诀，誓不见母不复还。后行次同州，得之。时母年七十余矣。

温衾扇枕 ①

孝传乡里太守彰,生来就是好儿郎。

三江冰冻温衾暖,六月天炎扇枕凉。

思母至哀年九岁,济民所有德无双。

名垂千古尚书令,赋与颂皆文采扬。

次韵夏老《古稀感怀》

君好吃亏非是痴,一时灵感便成词。

朱颜易改无须怅,华发频生也莫疑。

席上半壶新意酒,楼头几局快哉棋。

今逢长辈古稀至,后学以诗相贺之。

---

① 后汉黄香,年九岁,失母,思慕惟切,乡人称其孝。香躬执勤苦,一意事父。夏天暑热,扇凉其枕簟;冬天寒冷,以身暖其被褥。

次韵复寄左祥生先生

喜住乡村小阁楼,六塘河畔系轻舟。

灯光烛影三更月,桃李春风四季牛。

约过犹期新酒压,别来应有好诗留。

问君待到退休日,如此倘能从我游。

金秋喜贺"六塘书学会"书法文化馆展出

我来秋日仰高峰,静噪随人各不同。

笔走龙蛇风扫竹,胸怀丘壑月惊空。

飞涛拍岸东坡势,乱石铺街郑老功。

墨染六塘名片厚,年逾七十有张公。

《桃花源》八卷书成寄刘曦先生

阅尽千帆叹掷梭,清凉一夏待消磨。

相逢泗水桃源路,还忆六塘河畔歌。

五绝吟时分曙色,二胡拉处散鸣珂。

花开八载书香厚,漫数君诗比我多。

桃花源诗社一周年船闸喜聚

畅饮千杯坐大堤,运河十里橹声齐。

桃源画境谁闲步,泗水诗田我醉犁。

一社结成情厚重,百花吟遍意痴迷。

清风林海频敲韵,落叶经霜又满畦。

喜贺石光老师《甲子抒怀》

天光云影运河留,漫步隋堤无甚求。

落子过三成大势,放歌未半上高丘。

吟词几阕并非痛,备酒一壶浇却愁。

花甲欣逢春节后,桃花源里说风流。

贺泗阳众兴诗书画研习会成立(藏头)

泗水长流雅会开,阳春三月燕归来。

众人共勉新天地,兴味横生旧砚台。

诗句推敲千古韵,书斋醉赏一园梅。

画家难画今朝景,高士满堂同举杯。

贺汪老喜发诗集

时逢今日看诗翁,油菜桃花入赋中。

大运河边闲钓月,魏阳山上喜听风。

如烟往事丹青笔,似水年华造化功。

信步黄昏松遍倚,却言好个夕阳红。

次韵南园老《八十初度》

非官非隐一闲身,哪管鱼鲜蓼味辛。

明月经霜无限净,好风带水岂能贫。

浅斟半盏何如醉,大笑三声较甚真。

抚膝袒怀随寝卧,且将做个过来人。

次韵卢老《八十咏怀》

少嫌俗韵老无求,闲散人生有甚忧?

几句诗成将进酒,一声雁叫似穷秋。

何妨水面渔舟荡,且把城郊烟雨收。

客至同寻山野趣,斗棋共坐小茶楼。

次韵王前玉老师《槐乡俚韵》

白露为霜寒未禁,金风落叶和谁吟?

酒将饮至微醺好,诗待敲成不尽錾。

月色空蒙连水泽,星光璀璨出云津。

田家篱落生烟火,最喜柴门黍饭馨。

次韵贺再春先生《七十书怀》

东风浩荡恐难禁,春与稀龄共降临。

席上从无装酒醉,庭中都不许尘侵。

青松点染清凉境,白发频生欢喜心。

回首甚多欣慰事,诗坛一半是知音。

和王兴伦诗友听歌曲《原来你只是一个过客》

原来是你诉衷肠,别有情怀总被伤。

大把誓言成泡沫,好些然诺付沧浪。

花开之后深林果,梦醒时分白月光。

滚滚红尘皆过客,回头何必话凄凉。

仓集夏老以诗邀饮，次韵其诗

邀约回回总是来，算来已饮酒千杯。

始终觉得情深重，且共观摩荷盛开。

风里相亲堤上竹，诗中又见岭头梅。

骄阳似火清茶煮，醉后忘归啼鸟催。

在梁老新居偶吟

夏日清凉冬日暖，新居落在小河东。

燕衔泥垒浮云白，花倚风开流水红。

翠柳堤前天地外，彩虹雨后有无中。

蔷薇满架邀谁醉，快意吟哦三百盅。

次韵刘家魁老师《惊蛰戏作》

候虫惊出走,性懒我遭嗤。

麦秀忙耕种,桃红梦得知。

新来飞燕喜,乍动响雷慈。

试把瑶筝舞,东风正起时。

读王玉先生《街道值班》偶感

久坐笔偏枯,闲翻是古书。

四楼人少上,一室我高居。

雨细红尘远,床空绿植储。

成群飞鸟过,鸟唱不多余。

致无痕先生

身在金陵久,君生感慨言。

应怜故乡水,忍看老苔垣。

杨柳捎风色,衣襟带酒痕。

何妨诗韵逐,一赋一开樽。

次韵唐白居易《销夏》

寻幽消热暑,且到竹林中。

坐荫从容者,清心凉爽风。

鸟群传暗语,檐角接晴空。

闲与虫聊久,几回魂梦同。

次韵唐窦叔向《夏夜宿表兄话旧》

酒满杯中香满庭,秋千摇晃醉还醒。

半轮月色回头看,一树蝉声向晚听。

无雨无风真豁眼,有加有减总归零。

故人老大多分别,杨柳何妨两岸青。

重九诗会四十周年有记

诗在囊中酒在船,疏狂拍手咏凉天。

百舸奋楫三千里,九老闻名四十年。

山水情怀真写意,田园格调竞成篇。

重阳目送横空雁,谁插黄花向鬓边。

桃源记怀

鬓已星星又一秋,桃源渡口系轻舟。

吟鞭东指天涯赋,醉帽曾经酒席囚。

旷野风扶竿棹举,长空雁叫水云游。

黄昏每把斜晖送,先上高坡再上楼。

放下

放下凡尘放下天,法犹应舍况神仙。

身心俱泯山澄澈,物我双忘水湛然。

色即为空空即色,缘来是梦梦来缘。

拈花欲与清风语,笑把窗开见月悬。

坡底韵一首

茅屋三间即是家，青山做伴远浮华。

长亭残雪千声笛，小圃疏篱四季花。

竹舍风生盈月色，荷塘鹭起落烟霞。

随缘待客无须酒，一卷诗书一盏茶。

隐居

茅屋几间聊作斋，青峰环绕小窗开。

花开花落花香袖，云卷云舒云入怀。

客暖一壶风雅颂，岁寒三友竹松梅。

夜深犹有天然趣，月色邀来斟满杯。

山居

调息凝神何处好,山居犹似在桃源。

花坡锦绣苔生色,石径盘旋水浸痕。

直壁无心成一线,奇峰有意隐孤村。

晨观百万林间鸟,晚对家中腊酒浑。

云游

云行如水每空蒙,倏忽天西倏忽东。

酒共春江花月夜,茶分朝雨暮船篷。

苍梧碧海烟霞客,葱岭巨峰丘壑风。

万里归来松竹倚,何妨拄杖啸游中。

放舟

少年时候枉风流,老在江湖病独游。

坐忘水天成一色,吟成诗赋系孤舟。

白云倒映波随棹,青竹横垂我放钩。

日落收竿何所得,忽然拍手笑沙鸥。

奔五感怀(一)

半为钓叟半耕佣,瓜豆成行恋景慵。

新圃花开香就酒,旧篱蝶舞手扶松。

推敲已过三千首,坐忘何妨八百峰。

微雨时询飞燕子,此生守不守平庸?

奔五感怀（二）

小楼烹煮几壶茶，云上窗台雾裹纱。

梦觉黄粱堪忘我，霜欺华发且随他。

三餐粗淡无多少，一日乘除有减加。

却恨心宽成胖子，时光荏苒似流沙。

奔五感怀（三）

莫叹流年一掷梭，青春已过又如何。

霜飞帽上何尝少，叶落庭中拂扫多。

胜境寻来登绝顶，轻舟驾去逐清波。

有花有酒还邀月，共与闲人唱个歌。

追忆青春有感（一）

高人一出是三高，几处端详笑眼瞧。

每忆青春瓜子脸，也曾打卡小蛮腰。

入书情节常忘食，犯我神威屡发飙。

荏苒时光成祸首，生生养了九分膘。

追忆青春有感（二）

儿童漫画已翻篇，或许青春不值钱。

茅屋三间避风港，荷塘一亩艳阳天。

追花蝴蝶花邀约，戏草蜻蜓草枕眠。

偶尔破防因热梗，沧桑感慨在中年。

垂钓（一）

坐到黄昏仍用功，陌头柳下小桥东。

落花成冢随流水，削竹为竿作钓翁。

白蝶双飞诚款款，红鱼一跃太匆匆。

浓阴解散余晖在，谢幕时分拜晚风。

垂钓（二）

雨断农庄鸟竞啼，鱼儿未上我钩儿。

牵牛何不轻为饵，剥茧莫非难作丝。[①]

翠柳千条起风处，黄昏一缕落晖时。

空空两手收竿后，却恼白鸥相尾随。

[①] 《任公子钓鱼》是庄子所作的一则寓言，在这个寓言中，任公子蹲守在会稽山上，用五十头牛为饵钓鱼。《列子·汤问》中詹何以独茧丝为纶。

闲居（一）

怀抱春光便称心，鸟儿与我作知音。

忘形休赖杜康酒，摆谱止携陶令琴。

竹舍篱笆生翠幕，田家油菜是黄金。

芬芳入袖归来后，诗不成行怎么吟。

闲居（二）

小壶二两酌流霞，一抹斜阳担进家。

梁上巢迎双燕子，阶前蝶绕满庭花。

过桥野色莺啼序，落水闲鸥天净沙。

做个村夫和钓客，风清云白乃生涯。

闲居（三）

隔篱呼取是谁家，落絮翻飞未有涯。

野径寻幽双蝶影，渔舟唱晚满天霞。

棋行半夜灯并月，酒过三巡汤作茶。

梦里依稀清醒着，看山看水也看花。

闲居（四）

早起鸟儿敲着窗，殷勤唤我到村旁。

河堤油菜花千里，杨柳春风岸两行。

一簇夭桃迷蛱蝶，半园白雪掩篱墙。

菲芳入袖归来后，煮沸成茶慢品尝。

闲居（五）

明窗悬榻待高人，所欲随心但率真。

乘兴采风纯野趣，荷锄带月假酸辛。

曾经沧海非狂士，笑对浮生是大神。

垂钓塘边鸥鸟近，白云一片乃吾身。

闲居（六）

云片天边坠入溪，弯钩钓起作诗题。

松风渡口沾衣湿，蛙鼓船头并浪齐。

远陌中间园蝶舞，密林深处野鸡啼。

黄昏院落炊烟细，两菜一汤功在妻。

春至郊野

过桥直向东,风恋我颜容。

携笛跟蝴蝶,拈花落蜜蜂。

绕林通曲径,停棹倚孤筇。

野钓游鱼影,幽寻飞鸟踪。

松云生几朵,麦浪绿千重。

作啸归来后,酒和诗味浓。

夏日萧散行

萧散闲人独自行,歌吟且抒寂寥情。

俯看灰兔田间隐,仰听青蝉树上鸣。

南北堤边沙土白,东西桥下水流清。

寻芳蝴蝶盘旋疾,列阵蜻蜓降落轻。

几度车停幽径觅,一时风劲密林倾。

竹梢拂乱千重绿,云片飘过万里晴。

野渡平湖伸出桨,谁家少女抱来筝。

蓦然回首炊烟起,欲访仙踪恨未成。

后记

冷眼无须看外洋，师夷长技又何妨。
谦谦君子桃源里，出口成章袖拢香。

  这首《赠英语范老师》是我高中时候的习作。说起写诗的想法，是从初三时开始萌发的。那时候的初三班主任是郑笑飞老师，他喜欢在黑板报上"发表"他的原创诗词，并且抑扬顿挫地朗诵出来。于是，我到了高一就喜欢把老师和同学们的名字嵌入诗中来练笔，当然写出来的诗只知"韵"，而不知"律"。我练习了三年时间，感觉有点沾沾自喜吧，直到看到王力教授写的一本《诗词格律》，感觉自己原来是井底之蛙，才又步入了"战战兢兢"的写诗三年。

  接着就是走上工作岗位，大概有八年"孤芳自赏"的时间。因为这八年，我还没有融入本地的诗词圈子，只是偶尔在网上和网友交流，后来还做了某网站论坛的一个版主。

  2008年，一次在来安街头闲逛，偶然看到街头的"农家书屋"有一册《闲居诗草》诗集，我这才认识诗集的作者戎宏达戎老、"农家书屋"的创办者戎宏宽老师，以及本地淮海戏的编剧赵发明老师。我们四人相约成立泗阳第一家乡镇诗社组织——来安诗社。从此一发而不可收，我认识了泗阳乃至宿迁越来越多的诗人词家。依仗一个乡镇诗社创始人的身份，我竟然又在长达十年的时间里有了"一览众山"的自得感，汗！那时候，我在"宿迁博客"网站上，竟然对一个叫"刘家魁"的诗人的诗词品头论足，指指点点。后来我才知道刘家魁老师在全国诗歌领域是有名的大家，汗，汗！当然了，随着读刘老的作品越来越多，以及后来和刘老见面后，见到了刘老的满头"白霜"，我彻底"沦陷"了，成了他的粉丝。这十年，我的诗词水平进步不多。当时任宿迁市诗词协会常务副主席兼泗阳县诗词协会会长的潘莹老师就不止一次对我指出这一点，我表示接受并幡然醒悟。

近来，我尝试以归"零"的心态，向身边的老师学习，向古人学习，并将写诗三十年来的习作整理了一下，整理出绝句193首、词曲123首、律诗158首。

我把整理出的诗稿呈请刘家魁老师批阅时，刘老发来两首绝句，今录如下：

其一
两只诗人眼，一颗赤子心。
四时皆入画，万物俱传神。

其二
天性自由不可违，爱随蝴蝶逐花飞。
一支竹笛横乡野，喜怒如风信口吹。

我负诗人一首诗。在那些写诗的日子里，我认识了一个又一个个性十足、风格独特的诗人，与他们相知相惜，把酒言欢。可以这么说，我感觉从来没有"得罪"过一个诗人，因为我把诗人当作家人。但当过兵且性格直爽的潘莹老师又对我说，这是我的"性格缺点"。好吧，我接受，承认这是我的"软肋"。承蒙各位老师的厚爱，除刘老外，目前已收到夏成兵夏老、李春尧社长，以及王兴伦、王前玉、王桂华、刘曦、海克忠等各位诗人联家的赠诗、赠联。在此表示感谢之余，我祝所有我认识的诗人阖家安康、幸福！

我负乡园一首诗。一棵树扎根的地方，就是这棵树的家园。家乡的田园、池塘和花草树木，家乡的新鲜空气和独有的风光，时刻萦绕在我的心头，那是舍弃和割裂不了的乡愁。闲时我常常独自沿着河堤野游，独自钻小树林，听着蝉鸣，偶尔见到调皮的鸟儿衔着树枝荡秋千，与鸣蝉和飞鸟在自由自在的精神世界里共鸣。

我负青山一首诗。走出乡园，满眼青山。"我见青山多妩媚，料青山见我应如是"，"我问青山何日老，青山问我何时闲"。此生爱山，已成定局。"欲把青春比作山，此山早住我心间。烟云拢起磨成墨，风写诗行不得闲。"青山在我眼里是青春不老的韶光，是佳人有约的倩影，是诗意芬芳的栖居地，你叫我怎么放下她！

是的，我有志于做一个诗意栖居者。用纯净的心，写纯净的诗，做一个文字修炼者，何尝不是"一件奢侈的事"。"传承并发扬诗词，当是我余生的追求。"当代青年女诗人徐艺宁如是说，在此附议，并作一联以明志：

曾经沧海观涛，独往独来，赤子情怀独有；
只为红尘有你，相知相惜，青春梦寐相思。

最后再次感谢潘莹主席、夏成兵夏老百忙之中为我的诗稿作序，感谢泗阳县书法协会副主席兼秘书长洪林老师百忙之中为我题写书名，感谢街道办王玉主任也在百忙之中对诗社活动表示支持，对我的诗稿表示关注，感谢编辑老师，感谢所有朋友和家人!

　由于水平有限,加之成书时间仓促,难免会有疏忽或不到之处,还望各位老师不吝赐教。

夏闯
甲辰腊月